이외수
에세이

자백은
나의
힘

해냄

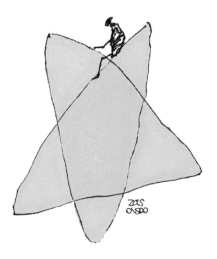

날마다 새로 태어납니다

오포세대

연애, 결혼, 출산, 인간관계, 내 집 마련을

포기한 세대를 지칭하는 용어입니다.

오늘날의 젊은이들은 젊은이들로서의 모든 특권을

포기하거나 박탈당한 처지에 봉착해 있습니다.

그야말로 이상은 무지개처럼 아름답지만

현실은 떠돌이 유기견처럼 비참지경입니다.

절실하게 응원군이 필요합니다.

그런데 가족도 친척도 친구도 애인도 내 코가 석 자입니다.

모두가 자기 발등에 떨어진 불을 끌

여력조차도 없을 지경입니다.

그래서 자기 자신을

유일한 응원군으로 만들어야 할 입장입니다.

절실하고 절실하고 절실하게 자백이 필요한 시대입니다.

자뻑은 한자어 스스로 '자(自)'에 우쭐거리며 자랑한다는
뜻의 우리말 '뻐기다'의 어근이 축약된 '뻑'이 합성된 말
로 추정되는 단어로, 세간에 널리 쓰이는 신조어입니다.
흔히 자화자찬을 일삼는 경우나 자기 자신에게 도취되어
정신을 못 차릴 경우를 표현할 때 씁니다.
물론 지나치게 과장되거나 근거가 없는 자뻑은
남에게 웃음거리가 될 수도 있고
자신에 대한 신뢰감을 떨어뜨릴 수도 있습니다.
그러나 풍자와 해학이 곁들여진 자뻑은
애교나 매력으로 보일 수도 있습니다.
요즘은 자기피알시대입니다.
가만히 있으면 아무도 알아주지 않을 뿐만 아니라,
때로는 불이익을 감내해야 하는 경우에 처하기도 합니다.
내가 특별한 능력과 위치를 확보하고 있지 않는 한
아무도 나를 광고해 주지 않습니다.
아무도 나를 위로해 주지 않습니다.

　살아간다는 것은
　저물어간다는 것이다
　슬프게도
　사랑은

자주 흔들린다

어떤 인연은 노래가 되고

어떤 인연은 상처가 된다

하루에 한 번씩 바다는

저물고

노래도 상처도

무채색으로

흐리게 지워진다

나는

시린 무릎을 감싸 안으며

나지막이

그대 이름 부른다

살아간다는 것은

오늘도

내가 혼자임을 아는 것이다

졸시 「저무는 바다를 머리맡에 걸어두고」입니다.

결국 인생은 혼자입니다.

혼자 걷는 먼 여행입니다.

때로는 너스레를 떨어대기도 하고

때로는 겸손을 떨어대기도 하면서
낯선 마을 낯선 사람들을 만나야 합니다.
국정교과서대로 살기에는
세상이 너무도 각박살벌합니다.
자신을 부추기고 자신을 격려하지 않으면
낙오자가 되거나 패배자가 되기 십상입니다.

지난해 여름 저는 화장실을 나오다 갑자기 빈혈을 느끼며
쓰러진 적이 있습니다. 등골이 서늘해지면서 온몸에 식은
땀이 비오듯 흘러내렸습니다. 아내와 문하생들이 장시간
팔다리를 주물러 간신히 그 순간을 모면할 수 있었습니다.
그날 오후에 서울에서 지인의 북콘서트가 있었습니다. 컨
디션이 좋지 않았지만 지인과의 약속을 어길 수가 없었습
니다. 그러나 갈수록 컨디션이 악화되는 것을 자각했기 때
문에 끝까지 자리를 같이하지는 못했습니다. 부랴부랴 화
천으로 돌아오는 수밖에 없었습니다.
다음 날 오후 제 건강을 줄곧 돌보아주던 춘천 시내 안정
효 내과에 들러 검진을 실시했습니다.
검진을 끝낸 안정효 박사는 상태가 아주 좋지 않으니 큰
병원에서 재검진해 보기를 권유했습니다.
사실 저는 대수롭지 않게 생각했었습니다. 검진을 끝내고

가족들과 함께 외식을 같이한 다음 영화라도 한 편 감상하고 올 계획이었습니다. 한림대학교춘천성심병원에서 조직검사를 해보니 심각한 상태라는 소견이었습니다. 가족들과 함께 영화를 한 편 감상하고 와서 입원을 결정하면 안 되겠느냐고 담당 의사에게 여쭈었더니 지금 밖으로 나가시면 30분 이내에 앰뷸런스에 실려 다시 병원으로 오실 지경이라는 대답이었습니다.

저는 설마 하는 마음으로 '그 정도로 심각합니까'라고 물었습니다. 담당 의사는 백혈구 수치도 정상인의 반에 미치지 못하고 보유하고 있는 혈액량도 정상에 미치지 못한다는 대답이었습니다.

조직검사를 거쳐 MRI를 찍었습니다. 결국 위암으로 판명이 났습니다. 2기에서 3기로 넘어가 있는 상태라는 것이었습니다.

가족들과 저는 망연자실하고 말았습니다. 병원 측에서 정신적 안정을 위해 정신과전문의와의 상담을 주선해 주었습니다. 대개 암 확진 환자들은 5단계의 공통된 심리상태를 거친다고 합니다.

제1단계, 부정의 단계입니다. 절대로 암이 아닐 거라는 생각에서 여러 병원을 다니면서 검진해 봅니다. 그러다 수술이나 치료의 시기를 놓치고 급격히 악화되는 결과를 초래하기도 합니다.

제2단계, 분노의 단계입니다. 자신보다 훨씬 나쁜 짓을 많이 한 놈들도 떵떵거리면서 살고 있는데, 왜 자신에게 이런 불행이 닥친단 말인가, 가족이나 측근들에게 자주 화를 내기도 합니다.

제3단계, 결국 암을 인정하는 단계입니다. 암이 아니라고 부정해 봐야 자신만 힘들어진다는 사실을 받아들이는 단계입니다. 하지만 심각하게 받아들이지는 않는 상태입니다.

제4단계, 우울의 단계입니다. 종교에 귀의해 보기도 하고 자선을 베풀기도 하고 치료도 열심히 받아보지만, 상태가 호전되지 않습니다. 그래서 심각한 무력감과 우울증에 빠지게 되는 단계입니다.

제5단계, 수용의 단계입니다. 분노와 우울에서 벗어나 자신의 운명을 받아들입니다. 환자 스스로 임종을 준비하기도 합니다.

저는 어땠을까요.

믿기지 않으시겠지만, 저는 단 30분 만에 5단계를 모두 뛰어넘어버렸습니다. 갈 때가 왔다면 기꺼이 받아들이기로 했습니다. 수술에 실패하더라도 여한이 없다는 생각을 했습니다. 대한민국에서 작가라는 이름으로 살아가면서 수많은 독자들로부터 저만큼 사랑을 받은 작가도 드물거라는 사실에서 차라리 행복감이 느껴질 지경이었습니다. 아직 떳떳하게 말할 수 있는 대표작이 없다는 사실이 아쉽기는 하지만, 다시 태어난다면 재도전할 수도 있다는 결론에 도달했습니다. 저는 흔쾌히 수술을 받기로 결심했습니다.

그리고 류병윤 교수님의 집도로 수술은 성공적인 결과를 얻었습니다. 수술이 끝난 다음에는 최대로 교수님께서 계속적인 치료를 담당해 주셨습니다. 치료는 의료진에게 맡기고 저는 존버정신으로 버티기만 할 생각이었습니다. 그러나 힘들더라도 제가 할 수 있는 '최선의 노력'을 게을리하지 않겠다는 각오도 굳혔습니다.

그 일환으로 준비한 첫 번째 품목이 바로 거울입니다. 거울은 자백을 위해 빼놓을 수 없는 가장 중요한 품목이지요.

두 번째는 실력이 출중하지만 비싸지는 않은 미용실을 물색해 두는 것입니다. 그다음 중요한 품목은 간단한 기초 화장품들입니다.

끝으로 밝은 색상의 의상을 준비하면 곧장 자뻑 모드로 진입할 수 있습니다. 한마디로 외모를 가꾸는 일에 주력하는 거지요.

저는 잠들기 전에 기초 화장품을 이용한 얼굴 마사지를 합니다. 미리 물색해 둔 미용실에 들러 머리를 자주 손질해 주기도 합니다. 그리고 가급적이면 밝은 색상의 옷으로 갈아입습니다.

아침에 일어나면 가장 먼저 거울부터 봅니다.

저는 암 확진 판정을 받기 전에는 전혀 외모에 신경을 써본 적이 없는 사람입니다. 그러나 암 확진 판정을 받은 뒤부터는 외모에 적극적으로 신경을 쓰기 시작했습니다. 그것은 기분전환에 큰 도움을 주기 때문입니다. 일단 날마다 마사지를 하고 머리를 손질하고 의상을 갈아입으면 평소와는 달라진 거울 속의 자신을 발견하게 됩니다.

끔찍한 항암제와의 싸움에 비하면 그다지 어려운 일은 아닙니다.

확연히 달라진 거울 속의 자신을 향해 격려의 말을 해주는 것도 그다지 어려운 일은 아닙니다. 미남이다. 잘생겼다. 원빈 씨, 길 좀 비켜주실래요. 너는 잘생겼을 뿐만 아니라 인간성도 썩 괜찮은 놈이야. 이를테면 마구마구 자뻑 모드를 시전합니다. 그러면서 암을 극복할 의지를 불태웁니다. 돈 드는 일 아닙니다. 남에게 피해를 주는 일도 아닙니다. 방 안에서 혼자 떠드는데 탓할 사람 아무도 없습니다.

물론 자뻑 한 가지만으로는 난공불락으로 알려져 있는 암을 퇴치할 수는 없습니다. 그리고 그것은 환자의 몫이 아니라 의사의 몫입니다. 인간은 정(精), 기(氣), 신(神) 삼합체(三合體)라고 합니다. 물질적 요소와 정신적 요소와 영적 요소로 이루어져 있다는 뜻이지요.

비록 물질적 요소는 고장나 있는 상태지만 정신적 요소와 영적 요소를 강화하기 위해 독서와 기도 또한 게을리 하지 말아야 합니다. 그리고 나 자신의 아픔만을 생각하지 말고 타인의 아픔까지를 생각할 수 있어야 합니다. 왜냐하면 저는 잘생겼을뿐만 아니라 인간성도 썩 괜찮은 놈이니까요.

그래서 저보다 더 고통받는 환자들을 위해 캘리그라피를 제작하거나 그림을 그려서 SNS를 통해 희망의 메시지를 마구마구 살포하기도 했습니다.

자백의, 자백에 의한, 자백을 위한 나날을 보냅니다. 그러면 자신도 모르게 의지와 용기가 조금씩 자라기 시작합니다. 어떻습니까. 그대도 오늘부터 한번 실천해 보시지요.

자백 1주년을 기념하며
감성마을에서

차례

1장 선천성 현찰결핍증후군   19

2장 쓰레기는 보석함에 담아도 쓰레기   57

3장 나는 왜 언제나 태양을 등지고 살까   95

4장 이루고 싶은 사랑, 전하고 싶은 진실   143

5장 비틀거리는 청춘, 내 탓만은 아니다   187

6장 살아남는 연습   227

1장

선천성 현찰결핍증후군

남을 좋아해는 사람은
남을 믿고
물을 좋아해는 사람은
물을 믿는다

2016
儿SOO

태양
희망
영광

모두 임자가
따로 있는 것이 아닙니다
가슴에 간직하면
그대가 임자입니다

두꺼운 지갑 얄팍한 지갑

사랑도 가끔 물질적이고 현실적인 함정에 빠집니다.
물론 그 순간만은 절대적이지요.
하지만 시간이 지나면 콩깍지가 만들어낸
착각이었음을 깨닫게 됩니다.
물질적이고 현실적인 사랑은 막대사탕 같지요.
사탕을 다 먹고 나면 막대는 버립니다.

똑같은 말이라도 마음을 담은 진언(眞言)과
사탕을 바른 허언(虛言)이 있는데
시간이 지나면 진언은 실천으로 증명되고
허언은 오리발로 증명됩니다.
문제는 똑같은 허언을 계속 미신처럼 믿어주는
속물들이지요. 세상은 그들에 의해 급격히 시궁창으로
변해갑니다. 쿨럭.

아무리 두꺼운 지갑도 얄팍한 지성을
커버하는 못합니다. 아, 물론, 아무리 두꺼운 지성도
얄팍한 지갑을 커버하지는 못한다는 사실 또한
인정합니다.

마지막 고기 파티

수술 전에는 담당하신 박사님으로부터
충분한 설명을 들었습니다. 모든 위를 절제하는 것이
최상이라는 것과 다년간 결핵을 앓았던 병력에 근거해서
어떤 염려와 절차가 필요한가도
상세하게 설명해 주셨습니다.
오랫동안 주인 잘못 만나 고생만 해온 제 위를
이제 떠나보내야 한다는 사실을
참 죄스럽게 생각했습니다. 어떤 어려움이 있더라도
극복하겠다는 각오를 다지면서 머리를 깎았습니다.
머리를 깎고 나서 가족들과 위를 가진 자로서의
마지막 고기 파티를 벌였습니다.
그동안 받은 독자분들의 기대와 격려와 사랑이
헛되지 않도록 반드시 이겨내는 모습 보여드리겠다고
결심했습니다.

필사적으로

일시적 퇴원을 위해 짐을 챙기고 있다가 체중을 재어보니
6킬로그램 정도 감량에 성공했음을 알았습니다.
마음도 몸도 가벼워졌습니다.

수술을 담당했던 의료팀들이 가장 우려했던 부분은
오래 결핵을 앓았던 제 한쪽 폐가
걸레처럼 너덜너덜해져 있다는 사실이었습니다.

수술을 하게 되면 폐는 더욱 오그라들고
거기에 가래나 노폐물이 달라붙는데
자력으로 제거하지 않으면
폐렴을 유발시킬 가능성이 농후하다는 겁니다.
그래서 수술 후에도 줄기차게 불어야 했던 인스피로미터.
크게 숨을 들이쉬어 구슬을 상단에 붙이는 훈련을 합니다.
불 때마다 절개한 자리가 찢어지는 듯이 아프지만
필사적으로 불었습니다. 덕분에 지금은 거뜬합니다.
오늘도 투병 중 이상 무. 그리고 존버.

인간과 지갑은 일심동체일까

제 경험에 의하면 지갑이 홀쭉할 때는
먹어도 금방 배가 고파오는 느낌이고
지갑이 두꺼우면 안 먹어도 오래도록
배가 부른 느낌입니다. 인간과 지갑은 일심동체일까요.
하지만 이 단세포적 등식에서 빨리 탈피해야만
진실로 인간답게 살아갈 수가 있습니다.

열 놈이 백 말을 해도 진실을 덮을 수는 없습니다.
하지만 너무 오랜 세월이 지난 다음에 진실이 밝혀진다면
당한 사람이 겪었던 고충과 억울함은
누가 무엇으로 보상할 수 있나요. 그래서 세상에는
정의가 필요하고 상식이 필요하고 도덕이 필요합니다.

요즘은 온 국민이

선천성 현찰결핍증후군을 앓고 있는 것 같습니다.

세상에는 그놈에 속하는 부류의 인간들과

그분에 속하는 부류의 인간들이 공존하지요.

사람보다 돈을 귀하게 여기면 그놈,

돈보다 사람을 귀하게 여기면 그분.

물론 죽으면 그분도 그놈도

한 줌 흙으로 돌아가는 것은 똑같습니다.

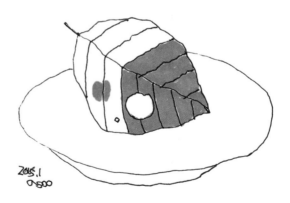

aaa

복어입니다. 독이 있습니다.
하지만 공격용이 아니라 방어용입니다. 오해하지 마세요.

제 혈액형은 소문자 트리플 aaa형입니다.

남들에게 부담을 주거나 피해를 끼치지 않기 위해
최대한 배려하고 조심하면서 인생을 살아갑니다.
하지만 이 세상은 aaa형들이 살기에는
너무 많은 고역과 난관들이 도사리고 있습니다.
특히 남이야 죽든 말든 사리사욕을 채우기에 급급한 족속들,
또는 개뿔도 없는 주제에
남을 헐뜯고 모함하는 즐거움으로 사는 족속들.
한마디만 해주고 싶습니다.

제발 사람인 척은 하지 말고 살아라.

군대에는 엄마가 없다

남의 말에 솔깃하는 버릇이 있는 사람을
귀가 얇다고 표현합니다. 또 줏대가 없다고도 표현하지요.
남의 말 다 들으면 목에 칼 벗을 날 없다는
속담도 있습니다.
타인의 의견을 존중하는 것은 일종의 미덕이겠지만
자기 주관이 뚜렷하지 않은 것은 치명적인 결함입니다.
어릴 때부터 무엇이든
엄마에게 물어보고 결정짓는 습관을 가졌던 아들이
군대에 가면 고문관으로 전락할 가능성이 농후합니다.
군대에는 엄마가 없을 뿐만 아니라
대한민국에는 엄마와 동반입대하는 제도가 없기 때문입니다.

혼자서도 잘 해요,
괜히 생긴 공치사가 아닙니다.

한평생 청춘으로

누구나 행복을 잡기 위해 살아갑니다.
그리고 근심 없는 가난뱅이가 근심 많은 갑부보다
행복합니다. 우리는 어쩌면 먼 산 무지개를 잡기 위해
평생을 비틀거리거나 쓰러지면서
온 산천을 헤매고 있는 것은 아닐까요.
막상 산 밑에 다다르면 무지개는 없는데.

열흘 붉은 꽃이 없고 달도 차면 기운다 하였으나,
마음만은 한평생 청춘으로 살겠습니다.

머리는 채우고
마음은 비울 것

다른 것
외점하기

2015.0.500

벼락의 명중률

본 적 없는 용은 잘 그릴 수 있지만
본 적 있는 뱀은 잘 못 그린다는 말이 있습니다.
사실을 있는 그대로 파악하기가 지극히 어렵다는 뜻을
내포하고 있는 말입니다.
요즘 언론을 빗대는 말 같기도 해서
어쩐지 기분이 씁쓸해집니다.
카더라 통신이 진실을 조작하고
찌라시가 생사람을 잡는 시대입니다.
세상에 믿을 놈 하나 없다는 말이
유일한 진실처럼 들립니다.

하지만 조작된 진실로는,
육안(肉眼)과 뇌안(腦眼)을 속일 수는 있어도
심안(心眼)과 영안(靈眼)을 속일 수는 없겠지요.
벼락의 명중률이 높아지는 날이
속히 도래하기를 비는 사람 해를 거듭할수록 늘어간다에
이번 가을 화천 감성마을 초청장을 걸겠습니다.

금언과 실언

도시는 인간의 이기성이 극대화된 공간입니다.

도시에는 순수한 자연이 존재하지 않습니다.

나무들이나 화초들조차도 인공적인 설치물에 불과합니다.

혼탁한 하늘. 폐병 앓는 태양. 복잡한 교통.

사람들은 무엇 때문에 한사코 도시로 몰려드는 것일까요.

공자님은 부모가 계실 때는 멀리 나다니지 말고

집을 나갈 때는 반드시 그 행방을 알려야 한다고

말했습니다. 몇 살 때까지라는 언급은 없지만

요즘 이대로 하면 굶어 죽기 딱 좋습니다.

성현의 말씀도 시대에 따라 금언이 되기도 하고

실언이 되기도 합니다.

전생에 무엇이었기에

빗자루로는 개도 안 때린다는 말이 있습니다.
빗자루는 쓰레기를 치우는 도구입니다.
이 말에는 아무것이나 쓰레기 취급을 해서는 안 된다는
뜻이 내포되어 있습니다. 그러나 대형 참사가 빈번한 시대,
빗자루나 걸레로 맞아도 싼 인간들이 적지는 않습니다.

세상이 썩었거나 말거나 중천에 휘영청 보름달 떠오르면
시 한 수는 읊을 수 있어야 진정한 시인이겠지요.
올겨울에는 저도 진정한 시인이 되려고 노력해 보겠습니다.

화장실에 가면 편해집니다. 전생에 구더기였을까요.
그래서 더욱 악취를 견디지 못하는 것인지도 모릅니다.
썩지 않고 발효되겠습니다.

쫄깃쫄깃한 인생

하늘도 가끔 흐릴 때가 있는데 사람인 제가
어찌 날마다 기분이 쾌청하기를 바라겠습니까.
스치는 바람결에 사랑 노래 들려요.
내 곁에서 떠나버린 것들. 과연 십 리도 못 가서
발병은 났을까요.
이제 아무것도 믿을 수 없는 시대가 오고야 말았습니다.

매사에 되는 일이 없는 사람은,
가루를 팔러 가면 바람이 불고
소금을 팔러 가면 이슬비가 옵니다.
하지만 한두 번 실패로 주저앉지는 마십시오.
그럴 때는, 하나님께서 내 인생을
인절미처럼 차지게 만들어주실 요량으로
떡메질을 좀 다부지게 하시는구나, 정도로
받아들이시면 됩니다. 모름지기 인생이라면,
백설기같이 푸석푸석한 인생보다야
인절미같이 쫄깃쫄깃한 인생이
그래도 맛깔나지 않겠습니까.

연주를 할 때 속주만이 능사가 아니듯이

노래를 할 때 고음만이 능사는 아닙니다.

물론 예술에도 시대적 흐름이라는 것이 있기는 합니다.

하지만 그것이 감동의 절대적 요소는 아니겠지요.

별로 상큼하지 않은 날들이 계속되고 있습니다.

오늘부터 찌푸드드한 날씨가 지속된다는

뉴스까지 있었습니다. 하지만 어쩌겠습니까.

지금까지 그래 왔듯이

오늘도 존버하면서 살겠습니다.

뜻이 아무리 거룩해도

여름밤 촛불을 켜면 막무가내로 달려들어
타죽어버리는 벌레들이 있습니다.
빛을 사랑하는 마음은 거룩하지만 과연 목숨을 바칠 만한
가치가 있는 것인지 의문을 품게 됩니다.
뜻이 아무리 거룩해도 행동이 무모하면
자칫 웃음거리가 될 수도 있습니다.

아무리 힘차게 달리던 자전거도
오래도록 페달을 밟지 않으면 결국은 넘어지게 됩니다.
인생도 마찬가지입니다.
너무 긴 휴식은 당신을 넘어지게 만듭니다.
넘어지지 않을 정도로 페달을 밟아주시는
센스만은 잃지 마시기를.

모르면 잡초 알면 약초

시골의 아무 길섶에서나 볼 수 있는 질경이.

겉으로는 참 하찮아 보입니다.

하지만 한방에서는 그 씨앗을 차전자라고 합니다.

이뇨 작용이 있고, 설사를 멈추게 하며,

간 기능을 활성화하여 어지럼증 두통에 효과가 있습니다.

폐열로 인한 해수에도 좋습니다.

모르면 잡초지만 알면 약초지요.

사람도 마찬가지입니다.

겉으로 보기에는 대수롭지 않은 것 같아도

알고 보면 놀라운 재능을 가진 사람들이

참 많기도 하지만, 비록 재능이 없는 사람이라도

반드시 어딘가에 요긴하게 쓰일 일이 있기 마련입니다.

흔해 빠진 일

두부 먹다 이 부러지는 것은 정말 흔치 않은 일이고
자갈밭 걷다가 돌부리에 채이는 일은
정말 흔해 빠진 일입니다.
그런데 요즘 대한민국 젊은이들에게는
흔치 않은 일과 흔해 빠진 일이 동시에 일어나는 경우가
허다합니다.

단순하게 재수가 없어서일까요.

그림이든 글이든 빠른 필력 향상을 위해 필사라는 방법을
사용하는 사람들이 많은데 습관으로 굳어지면
오히려 남의 글이나 그림에 익숙해져서
자기 정체성이나 창의력을 상실하고
텍스트가 없으면 무력해지는 현상에 봉착하기도 합니다.
유념해서 경계할 일이지요.

만물은 각기
제 나름의
문을 가지고 있다
다만 그대가
여는 방법을 모를 뿐

나무가 열 살이 넘으면

대개 마음의 창문을 굳게 닫아건 사람이
빛이 보이지 않는다고 한탄을 토해내기 일쑤입니다.
가끔은 가느다란 빛이라도 들어올 수 있도록,
의도적으로 그대 마음의 벽에 틈을 낼 필요가 있습니다.

나무가 열 살이 넘으면 잎으로, 꽃으로, 열매로,
또는 몸 전체로 다른 생명체들에게 즐거움을 제공합니다.

당신은 지금 몇 살이신가요.
그리고 다른 생명체들에게
어떤 즐거움을 제공하고 있으신가요.
혹시 자신 한 몸 주체하기조차 힘드신 입장은 아니신가요.

개와 달

중상모략에 대한 최선의 대답은
묵살과 냉소밖에 없습니다.
개 떼들이 보름달을 보고 미친 듯이 짖어 대도
보름달은 눈썹 하나 까딱하지 않습니다.
개는 수만 년 동안 개였고
달은 수만 년 동안 달이었을 뿐입니다.

내 등이 굽지 않았는데
내 그림자의 등이 굽을 리가 없습니다.
하지만 가끔 양심 없는 자들에 의해서
진실이 왜곡되기도 하지요. 억울하지만 참고 살다 보면
양심 없는 자들이 제 발등을 찍는 날이 옵니다.
그때는 진실도 드러나기 마련입니다.

빵이 없는 자에게 천국을 말하는 것은 부끄러운 일이다.
간디의 말입니다. 하지만 아직도 세상에는
수많은 어린이들이 빵 없는 날들을 살아가고 있습니다.
그런데도 재물을 늘리기에만 급급한 사이비 종교인들이
천국을 팔아먹기에 여념이 없습니다.

짝퉁이 진품 행세를 하고 진품이 짝퉁 취급을 받는 세상.

오늘날 예수께서 재림하셔서

"너희들 중 누구든 죄 없는 자가 이 여자를 돌로 쳐라"

라고 말씀하시면 뻔뻔스럽게도

자기는 전혀 죄가 없다는 듯 돌 집어들 인간

참 많을 거라는 생각도 했습니다.

2015. 0?000

어제에 집착하지 마세요.

아무도 지나간 어제를 바꿀 수는 없습니다.

그러나 당신이 마음먹기에 따라

다가올 내일을 바꿀 수는 있습니다.

유치하기는 쉬워도 천진하기는 어렵습니다

꿈도 없이 척박하게 살아야 하는 세상에서

깃털 몇 개 떨어지는 것이 무슨 대수입니까.

날개를 가진 새는 한 나무에 앉아서만 꿈꾸지 않습니다.

나이 들어가면서, 어린애처럼 유치하기는 쉬워도

어린애처럼 천진하기는 어렵습니다.

시곗바늘은 어느새 새벽 2시 쪽으로 기울어지고 있습니다.

특별히 하는 일도 없으면서 날밤을 새우고 있습니다.

오래도록 인이 박인 습관입니다.

어둠이 완전히 물러갈 때까지

무료하게 밤을 지키는 일에 익숙해져 있습니다.

첩첩산중. 사방이 고요합니다.

꽃과 별

요일들을 짊어지고 먼 길을 가야 한다면
대부분의 사람들(특히 직장인들)이
월요일은 환영하지 않을 것 같네요.
월요일은 일주일 중에서 가장 무거운 요일이니까요.
하지만 저한테 맡기십시오. 백수인 저한테는
모든 요일이 별로 무겁지 않습니다.
월요일, 까짓 거 달덩이 하나를 짊어진 기분으로
흥얼흥얼 노래나 읊조리면서
일주일의 시작을 한번 열어보지요 뭐.

거짓말을 많이 하는 사람과 의심을 많이 사는 사람들이
자주 쓰는 말— 솔직히 말해서. 진심입니다. 믿지 않겠지만.
비밀인데. 이 새낀 내 말을 통 안 믿네. 등등.

꽃이 하늘로 가면 별이 되고
별이 땅으로 오면 꽃이 됩니다.

덩치가 크면 뭘 합니까

인생에는 리모컨이 없습니다.

다른 채널로 이동할 버튼도 없고

멈춤 버튼이나 나가기 버튼도 없습니다.

당신의 의사와 상관없이 플레이는 계속됩니다.

생로병사 희로애락. 오는 대로 굳게 끌어안고 가는 수밖에

없습니다. 그중 사랑은 절대 놓치지 마시기를.

바다에 사는 생물들 중에 덩치는 고래가 제일 크지요.

하지만 덩치가 제일 크면 뭘 합니까.

새우나 잡아먹고 사는데. 인간세상 속에도 덩칫값 못하고

약자나 잡아먹고 사는 쉐키들 많습니다.

자연의 섭리라고 변명하지는 마세요.

동물과 인간은 달라야 합니다.

물은 낮은 곳으로 흘러
바다에 이르고
바다는 만생명을
차별 없이 키운다

2015. 〇〇〇

파브르 곤충 채집하다 염불 외우는 소리

쇼펜하우어의 말에 의하면
돈을 빌려주지 않아서 친구를 잃는 경우보다
돈을 빌려주어서 친구를 잃는 경우가 더 많다고 합니다.
물론 빌려주지 않고 그냥 주어버리면
친구를 잃어버릴 염려는 없습니다.
하지만 너무 큰 액수라면 그냥 주기도 어렵겠지요.

잡초와 벌레를 제거해야 곡식과 채소가 잘 자랍니다.
그런데 농사꾼 앞에서 잡초와 벌레도 생명인데
왜 함부로 대하느냐고 파브르 곤충 채집하다 염불 외우는
소리를 하는 작자들이 있지요.
이런 작자들은 대개 하는 짓도 잡초 같거나
벌레 같은 경우가 많습니다.

세상이 자신에게 준 것보다 더 많이 되돌려주는 것,
헨리 포드는 그것이 곧 성공이라고 말했습니다.
한평생 세상이 자신에게 준 것이 없다고 생각하는
사람들도 있을 텐데, 결국 그런 사람들에겐 푸헐,
성공 따위 없는 것으로 보아야 하는 건가요.

동대문 문지방은 어떤 나무로 만들었을까요

솔잎이 새파라니까 오뉴월인 줄 안다는 속담이 있습니다.
근심과 우환이 겹쳤는데도 전혀 모르고
작은 일 한 가지가 잘 되는 것만 좋아서 날뛰는
꼬락서니를 비웃는 말입니다.
시쳇말로 라면 국불에 개념 말아먹은 절면피지요.
요즘 이런 분들 의외로 많습니다.

서울 가본 놈하고 안 가본 놈이 싸우면
안 가본 놈이 이긴다고 합니다.
심지어는 동대문 문지방을 박달나무로 만들었다고
우기는 데야 당할 재간이 없다는 겁니다.
진품보다 짝퉁이 더 대접받는 세상.
그래도 내 마음이 맑으면 속아서 피해를 보지는 않습니다.

고문과 공포

손톱 밑에 가시 든 줄은 알아도
염통 밑에 쉬 스는 줄은 모른다는 말이 있습니다.
하찮은 상처에는 큰일이 난 것처럼 호들갑을 떨면서
정작 큰 상처에는 무감각할 때 쓰는 말입니다.
세월호 참사를 손톱 밑의 가시 정도로 생각하는
일부 정치가들. 정상일까요.

날이 새면 밤이 오는 것이 두렵고
밤이 오면 날이 새는 것이 두렵던 시대가 있었습니다.
언제나 죽음의 그림자가 눈앞에 어른거렸습니다.
삶 자체가 고문이었고 공포였습니다.
제가 겪었던 젊은 날의 고통을
아직도 겪고 계신 분들께 전합니다. 오직 존버.

이 세상을 살아가는 동안에

상식이 사라지고 몰상식이 득세를 하는 세상.
까마귀가 백로 행세를 하고 고철이 순금 행세를 하지요.
문외한이 전문가 행세를 하고
사이비가 성직자 행세를 합니다.
성실할수록 생활이 어려워지고
정직할수록 바보 취급을 받는 세상이 옵니다. 괜찮을까요.

연못에 산천어 수백 마리를 사다 양식하고 있습니다.
사료 값이 장난이 아닙니다. 그런데 날마다 수달이 와서
양식한 산천어를 잡아먹습니다.
그러니까 수달을 자연양식하고 있는 셈입니다.
하지만 수달은 천연기념물. 쫓을 수가 없습니다.
존재만으로 땡큐지요.

기꺼이 자신을 낮추기를 꺼리는 자라면
자신이 커지기를 바라기는 하지만
커지는 데 필요한 덕목들은
하찮게 여기는 자일 가능성이 높습니다.
온 세상 실개천이 모두 낮은 곳으로만 흐르는 이유는

마침내 만 생명을 품어 기르는 바다에
다다르기 위해서입니다.

이 세상을 살아가는 동안에
아무 위안이 없다고는 말하지 않겠습니다.
아무 희망이 없다고는 말하지 않겠습니다.
그래도 불의에는 화를 내고 정의에는 박수를 치겠습니다.
당신들만 살아가야 할 세상이 아니라
우리도 살아가야 할 세상이기 때문입니다.

가장 큰 잘못

산에 가야 범을 잡고 물에 가야 물고기를 잡습니다.
하지만 요즘은 물에다 범을 잡는 덫을 설치하고
산에다 물고기를 잡는 통발을 설치하는 분들이 계시지요.
그리고 언론들은 신통하게도 통발로 범을 잡았다는
기사와 덫으로 물고기를 잡았다는 기사를 대서특필합니다.

잘못을 고치지 않는 잘못만큼 큰 잘못은 없습니다.
잘못을 고치지 않는 한 잘못은 계속 재발될 가능성을
내포하고 있기 때문입니다.

때로는 설익은 음식이 육신을 병들게 만들기도 하고,
때로는 설익은 지식이 정신을 병들게 만들기도 합니다.
그래서 음식도 지식도 발효된 것이 사람에게 이롭습니다.

만물을 보는 깊이

뱃속이 비어 있을 때는 노동도 예술도 할 수가 없습니다.
뱃속이 비어 있을 경우 배를 채워야 한다는 욕구보다
더 절박한 욕구는 이 세상에 존재하지 않습니다.
적어도 예술가는 배가 고파야 한다고 주장하는 사람은
예술도 모르고 배고픔도 모르는 사람입니다.

제가 겪어보아서 압니다.
고통 중에는 고통을 벗어나기 급급하지
예술 따위는 절대로 나오지 않습니다.
예술은 고통 끝에 나오는 것이지
고통 중에 나오는 것이 아닙니다.

우물이 깊으면 두레박 줄도 길어야 합니다.
생각의 깊이가 짧은 사람은
인생의 깊이도 짧을 수밖에 없습니다.
만물을 보는 깊이는 자신이 살아온 인생의 깊이와
정비례합니다.

2장

쓰레기는 보석함에 담아도 쓰레기

새 한 마리만
그려넣으면
남은 여백 모두가
하늘이어라

 2015. 07500

나무
누구에게도
평생 무릎을
꿇어본 적이
없습니다

젊은이들의 영혼은 어디로 갔을까

신선놀음에 도끼자루 썩는 줄 모른다는 속담이 있습니다.
재미있는 놀이에 몰두한 나머지 세상만사가
어떻게 돌아가는지 전혀 모를 때 쓰는 속담입니다.
요즘도 피시방에 며칠씩 틀어박혀
자판질로 엉덩이 썩는 줄 모르는 젊은이들이 많습니다.
겨우 라면 하나를 먹고 사나흘씩 게임에 몰두하다
결국 화장실 가는 길에 심장마비로 쓰러져버리는
젊은이가 생겨날 정도로 게임의 마력은 대단합니다.

날이 갈수록 게임에 대한 관심은 증가하고
독서에 대한 관심은 감소되는 추세입니다.
게임뿐만이 아닙니다.
너무 많은 매체들이 젊은이들의 관심을 빼앗는 일에
투자와 노력을 아끼지 않고 있습니다.
과연 독서가 영화, 스포츠, 게임, 만화, 연속극, 콘서트,
소개팅, 자판질보다 더 젊은이들의 영혼을
매료시킬 수 있을까요.

진정한 힐링

수술을 통해 제 위는 사라져버렸습니다.

그래도 미각과 식욕은 남아 있습니다.

하지만 많이 먹을 수는 없습니다.

아주 조금씩 자주 먹어야 합니다.

먹는 양이 적으니 기력도 쇠잔합니다.

그래도 정신만은

냉랭한 겨울밤 별빛처럼 카랑카랑합니다.

제가 누차 말씀드리지만

인간은 정(精), 기(氣), 신(神) 삼합체(三合體)입니다.

즉, 육체적이고 정신적이며 영적인 존재라는 것입니다.

육체적 결핍은 비싼 음식이나 비싼 의류나

비싼 저택으로 해소가 되겠지만

정신적 결핍이나 영적 결핍을 해소할 수는 없습니다.

자주 책을 읽거나 자주 예술작품을 감상하거나

자주 자연과 교감하거나 자주 신과 교감할 수 있어야만

정신적 결핍이나 영적 결핍을 해소할 수 있습니다.

그래야만 진정한 힐링을 경험할 수 있습니다.

겨울만 있을 수는 없겠지요

화천군 다목리 감성마을. 이 아침 단풍은 모두 져버리고
냉각된 사이다처럼 살갗을 아리게 적시며 지나가는 바람.
이제는 확연한 겨울입니다.

퇴원하고 감성마을 집필실에서의 첫날밤을 보내고
아침이 밝았네요. 여기는 벌써 겨울입니다.
미친 바람이 떼지어 몰려 다니는 소리.
창문이 푸득거리며 몸살을 앓는 소리.
얼마나 많은 날들을 불면으로 뒤척여야 봄이 올까요.
하지만 누구의 인생에도 겨울만 있을 수는 없겠지요.
저는 오로지 암을 극복하고야 말겠다는 생각 외에는
아무 생각도 하지 않겠습니다. 앞으로는 제 인생을
더욱 긍정적으로 생각하면서 살아가겠습니다.
쓰러질 때마다 일어서면 그만이지요.
사랑하는 독자들이여. 오늘도 기쁜 일만 그대들께 ^^

그렇고 그런 나날들

햇살이 퍼지기를 기다렸다가 옷을 두텁게 껴입고
집필실에서 문학관까지 걸었습니다.
아이폰 6의 건강 대시보드에 의하면
오늘은 총 1,463걸음을 걸었네요.
꿰맨 자리가 아프지는 않은데 어떤 동작에는
아직도 약간의 통증이 수반됩니다. 그래도 변함없이 존버.

오늘 다시 병원에 가서 케모포트가 잘 설치되었는지
항암제를 투여해도 견딜 만한 체력인지 등을
점검하게 됩니다. 기력이 소진해서
가능하다면 영양제도 공급받을 예정입니다.
먹는 것도 먹는 것 같지 않고
자는 것도 자는 것 같지 않고
사는 것도 사는 것 같지 않은 나날들이
계속되고 있습니다.
하지만 극복에 최선을 다하겠습니다.

바다가요'기때문에,
물고기가 있고

군대에 비하면

2차 항암에 들어갔을 때 당연히 고통스러웠습니다.

네 군데나 생겨난 혓바늘은 가라앉지 않은 채로

모든 신경을 자극했습니다.

전신에 쐐기풀이 번성하고 있는 느낌이었습니다.

잘 먹어야 한다지만 항암제가 투여되는 순간부터

식욕이 천 리나 멀리 달아나버린 상태였지요.

무엇을 먹어도 왕모래를 씹는 기분이었습니다.

하늘이 있기때문에
새가 있고

하지만 제가 겪었던 군대(속칭 11로 시작되는
논산 와리바시 군번)에 비하면 아무것도 아니었습니다.
여러분의 눈물겨운 사랑과 세상에 대한 희망을 밑천으로,
아아, 쉬바,
아무리 힘들어도 날마다 존버하겠습니다.

그대가
존재하기때문에
우주또한
존재하는 것입니다
그대를 사랑합니다

조금씩 자주

아침에 일어나 잠깐 걸었고, 이를 닦았고, 세수를 했고,
세면대 거울 속의 핼쑥해진 이외수를 향해
파이팅을 외쳐주었습니다.
흰죽 약간에 기름기 없는 호박전 2닢과 사과 2조각
그리고 잘게 자른 화천 멜론 몇 조각을 먹었습니다.
이제 폐활량 증가를 위해 구슬 불기를 할 차례입니다.
구슬 불기가 끝나면 노래를 몇 곡 부를 생각입니다.
마치 경쟁률이 치열한 건강대학 예비고사를 앞둔
수험생 신세 같습니다.

소장이 위장의 역할을 자연스럽게 수행할 수 있을 때까지
음식을 아주 조금씩 자주 먹어야 합니다.
많이 먹으면 금방 탈이 나고야 맙니다.
들어가는 음식이 너무 적어서
급격히 기운과 체중이 떨어져 있다는 사실 말고는
모두 정상입니다. 그래도 감성마을은 건재합니다.
구경 한번 오세요.

이 비 그치면

지난날 유배된 젊음을 끌어안고

안개 중독자로 떠돌던 도시 춘천.

하늘은 지금 회색입니다.

싸늘한 겨울비까지 도시를 적시고 있습니다.

사랑아, 그대가 떠나고 이 세상 모든 길들이 지워진다.

흐리게 지워지는 풍경 너머 어디쯤

지난날 그대에게 엽서를 보내던 우체국은

매몰되어 있을까 ― 라고 시작되는

이외수의 졸시 「안개 중독자」.

결국 춘천에서는 방황만이 진실한 사랑의 고백이다 ― 라는

결론은 아직도 제 마음을 아리게 합니다.

오늘도 저는 병실 복도를 힘없는 걸음으로 산책했고

매생이 굴죽을 네 숟가락 정도 떠먹었으며

항암제 세 알을 복용했고 아, 시발, 이라고

나지막이 탄식한 다음, 존버라는 단어를

어금니로 질겅질겅 씹고 있습니다.

이 눈물겨운 세상을 함께 숨 쉬고 있는 그대여,

이 비 그치면 그대에게 기쁜 일만 가득하소서.

나이 여하를 불문하고

노동의 뿌리는 씀바귀처럼 쓰디쓰지만
노동의 열매는 홍시처럼 달디달다는 말이 있습니다.
그러나 최저임금이 제자리걸음인 대한민국에서도
통하는 말일까요. 경기는 곤두박질치고
물가는 치솟아 오르는데
급격히 날씨마저 추워지고 있습니다. 쿨럭.

몸이 늙는 건 부끄럽지 않습니다.
하지만 마음이 늙는 건 부끄럽습니다.
마음이 늙는 건 정신이 녹슬었다는 뜻이기 때문입니다.

나이 여하를 불문하고 인간은
자기가 쓸모없는 존재라는 사실을 자각하는 순간
진짜 고독이 무엇인가를 자각하게 됩니다.
하지만 사이버 공간에서는
스스로 자신을 쓸모없는 존재로 전락시키지 못해서
안달이 나 있는 맹목의 젊은이들도 적지 않습니다.

똥파리

거짓말을 할 때마다 계속 진실인 줄 알고

속는 사람이 나쁠까요,

도덕 따위는 개한테나 줘버리고

자신의 이득만을 위해

반복해서 거짓말을 일삼는 사람이 나쁠까요.

당연히 둘 다 나쁩니다.

그런데 현실 속에서는 써글,

양쪽 다 한결같이 건재합니다.

말 꼬리에 붙은 똥파리가 천 리를 간다는 말이 있습니다.

남의 세도에 편승해서 제법 오래도록 영달을 누릴 때

쓰는 속담이지요. 하지만 영달을 누려도

똥파리는 똥파리일 뿐, 천지개벽을 하는 날이 와도

학이 되거나 용이 되어 하늘을 날지는 못합니다.

기죽지 마세요

구멍을 파는 데는 칼이 끌만 못하고, 쥐를 잡는 데는
천리마가 고양이만 못하다는 말이 있습니다.
무엇이나 각각 제 쓰임새가 따로 있는 법인데
무조건 이름 있고 값비싼 것만 좋아해서야 되겠습니까.
사람도 그렇습니다.
저마다의 존재 이유와 존재 가치를 지니고 있는 법이지요.
하다못해 존재 자체가 많은 사람들에게
재앙으로 인식되는 분들까지도
'나는 어떤 일이 있어도 저런 인간은 되지 않겠다'라는
교훈을 안겨주는 순기능을 간직하고 있습니다.
그러니, 수많은 가능성을 간직하고 살아가는
젊은이들이여, 절대로 기죽을 필요 없습니다.
누구에게나 아침은 오고 누구에게나 태양은 떠오릅니다.

아무리 잘난 놈들이,
그대 앞에서 끗값을 떨어도
그대는 기죽지 말라
그대가 바로
우주의 중심이니까

방관도 죕니다

발가락의 종기 하나를 적시에 제거하지 못하고
차일피일 미루다 결국 다리 전체를 절단하는
불상사를 초래하는 경우도 있습니다.
호미로 막아야 할 사태를 제때 막지 못하면
종국에는 불도저로도 막지 못하는 사태를 불러들입니다.
때로는 방관도 죄가 되지요.

오늘은 처서입니다. 여름이 끝나고
가을이 시작된다는 날이지요.
모월당 뜨락의 옥잠화가 눈부십니다.
저 꽃이 시들면 그때는 완연한 가을입니다.
정치하시는 분들이나 기업하시는 분들도
시집 한 권 정도는 읽어보시는 감성의 가을,
그런 대한민국의 가을은 언제쯤 올까요.

밥은 굶더라도 책은 굶지 맙시다.

쉽게 잊지 말기를

처서가 끝나고 박살난 초가을 햇빛이
순금물처럼 갈바닥에 쏟아져 번들거리고 있습니다.
안톤 슈낙이 『우리를 슬프게 하는 것들』에서 말한
'초추의 양광'을 보면서 그대는 어떤 슬픔을 느끼시나요.
메르스에 대한 공포를 견디고,
지독한 가뭄을 견디고,
끔찍한 녹조라떼를 견디고,
만연한 부정부패를 견디고,
가진 자들의 갑질을 견디고,
청맹과니 언론의 침묵을 견디고,
북한의 간헐적인 지랄을 견디고,
결국 여름은 물러가고 있습니다.
그리고 가을이 오고 있습니다.
하지만 겨우 한 계절이 지나갈 뿐인데
우리는 잊지 말아야 할 것들을
너무 쉽게 잊어버리는 것은 아닐까요.

있는 그대로

열등감보다 더 자신을 망치는 악습은

열등감을 위장하기 위해 떨어대는 허세입니다.

허세는 자신에 대한 신뢰감을 떨어뜨릴 뿐만 아니라

평소 가깝게 지내던 사람들마저도

자신으로부터 멀어지게 만듭니다.

순금은 순금대로 다른 쇠붙이가 대신할 수 없는

쓸모가 있고 구리는 구리대로 다른 쇠붙이가

대신할 수 없는 쓸모가 있습니다.

그러니, 있는 그대로를 보여준다는 사실은

절대로 부끄러운 일이 아닙니다.

茶 끓이는 소리

솔숲에

바람 지나가는 소리

재난 경보

인터넷이 한동안 불통이었습니다.
이가 없을 때는 잇몸으로 사는 수밖에 없지요.
저는 어쩔 수 없이 핸드폰으로 인터넷을
하는 수밖에 없었습니다. 그런데 핸드폰은 자판도 비좁고
글씨도 작아서 시력이 신통치 않은 저로서는
답답하기 짝이 없었습니다.
기술자가 급파되어 고쳐주기는 했는데
축구 한일전 보느라고 무엇 때문에
뻑하면 인터넷이 불통인지 물어보지를 못했다는 겁니다.
단지 요즘은 쌍칼, 제대로 되는 일이 없다는
사실만 알고 있을 뿐입니다.

대통령이 대국민담화를 발표하자마자
핸드폰에서 재난 경보가 두 번이나 요란하게 울렸습니다.
대국민담화를 재난으로 간주하는 것 같아서
잠시 당혹감에 빠져 있었습니다.
물론 국민안전처가 그런 반정부적인 일을
할 리가 없겠지만 쿨럭, 참 타이밍 한번 절묘하다는
생각이 들었습니다.

보석함에 담아도

당근을 주어야 할 때 채찍을 때리고
채찍을 때려야 할 때 당근을 주는 사육사는
언젠가 말 뒷발에 차여 다리를 절게 됩니다.

쓰레기는 보석함에 담아도 쓰레기입니다.

젊었을 때는 고통을 인생의 소금이나 고춧가루 정도로
생각하고 살았습니다. 인생도 밥상 같아서
짠맛이나 매운맛도 있어야 된다고 생각했습니다.
이제 고희를 바라보는 나이입니다.
가끔은 제가 쓴 글들이 그대 인생의 묵은지 한 접시라도
되었으면 좋겠습니다.

그대 자신을 비관하라

폴란드의 격언에 의하면 봄은 처녀, 여름은 어머니,
가을은 미망인, 겨울은 계모입니다.
하지만 2015년 대한민국에서는 봄도 계모, 여름도 계모,
가을도 계모, 겨울도 계모일 거라는 생각을 합니다.
계속 우리들 영혼을 얼어붙게 만들지도 모릅니다.

비틀거리는 세상을 비관하지 말고
침묵으로 방관하고 있는 그대 자신을 비관하십시오.

예술에 대해 많이 알기는 하는데, 정작
어떤 예술 작품에도 감동을 하지 못하는 지식인이 있다면,
죄송합니다만, 저는 그의 지식에 결코
존경을 표하고 싶지 않습니다.

생각이 끊어진 자리

어떤 이는 자신의 마음에 따라
세상이 달라 보인다고 말합니다.
즉 자신의 마음이 맑으면 세상이 맑아 보이고
자신의 마음이 탁하면 세상이 탁해 보인다는 것입니다.
하지만 늘 돈만 생각하는 사람은 예외입니다.
마음이 맑아질 기회가 오지 않습니다.

생각은 앎에 머물러 있고 마음은 깨달음에 닿아 있습니다.
대상과 합일하면 마음이 드러나고
대상과 분리되면 생각이 드러납니다.
진리는 앎에서 얻어지는 것이 아니라
깨달음에서 얻어지는 것입니다.
옛 선사들은 생각이 끊어진 자리에
도가 있다고 설파했습니다.

그래, 남이다

문중자가 말하기를, 장가들고 시집가는데 재물을
따지는 것은 오랑캐나 하는 짓이다, 라고 하였는데,
푸헐, 그 말이 맞다면
오늘날 대한민국의 처녀총각과 그 부모들 중에
오랑캐 아닌 사람이 몇이나 될까요.

태공은, 남자가 어릴 때 가르침을 받지 못하면
자라서 반드시 어리석은 남자가 되고,
여자가 어릴 때 가르침을 받지 못하면
자라서 반드시 솜씨가 없는 여자가 된다고 했습니다.
당신의 아내, 또는 당신의 남편은 어떠신가요.

용기—나쁜 일을 저지르기 위해서나
나쁜 일을 저지른 다음에 동조를 구하기 위해
"우리가 남이가"라고 말하면 정색을 하면서
"그래, 남이다, 이 쉐키야"라고 말해 줄 수 있는 것.

막장이지 말입니다

몽골의 격언에 의하면
부자는 결코 친척을 달가워하지 않습니다.
친척은 대개 돈이 되지 않기 때문입니다.
하지만 돈이 반드시 행복을 보장하지는 않습니다.
행복을 보장하는 것은 사랑이지요.
하지만 돈으로 침대를 살 수는 있어도
사랑을 살 수는 없습니다.

목이 말라서 기갈로 헐떡거리는 아이에게
삶은 고구마를 물도 없이 억지로 먹이려는
부모들이 있습니다. 당신은 곁에서 보고만 있을 건가요.

고희를 바라보는 나이에 마누라하고 있는 시간보다
휴대폰하고 있는 시간이 더 많으면
인생 막장이지 말입니다.

대한민국에서는 가끔 거꾸로 흐르는 것

삶에 대한 절망 없이 삶에 대한 사랑은 있을 수 없다.
『이방인』의 작가 카뮈의 말입니다.
그 말이 맞다면 제 삶에 대한 사랑은
거의 무한대에 가깝습니다. 특히 대한민국에서
젊음의 전부를 통째로 유기한 채 살아본 사람이라면
의심치 않으리라 확신합니다.

서로 사랑하는 연인들에게는 우주 전체가 조국이 아닌가.
프랑스의 평론가 프레보의 말입니다.
그런데 진짜 조국 안에서 살면서도
진보니 보수니, 영남이니 호남이니 패를 갈라서
싸우고 있는 사람들.
대한민국에서는 사랑 따위 별로 중요치 않다는 것일까요.

반성하지 않으면 개선하지 않게 되고

개선하지 않으면 퇴보하게 됩니다.

시간은 거꾸로 흐르는 법이 없어도

역사는 가끔 거꾸로 흐르기도 합니다.

대한민국에서 이 말이 틀리다고 생각하는 사람은

퇴보를 좋아하는 부류이거나

퇴보를 주도하는 부류일지도 모릅니다.

소강절 선생 왈, 남의 집에 오래 머물면

남이 천하게 여긴다 하였습니다.

달리 말하면 남의 불편을 헤아리지 못하면

곧 천한 사람으로 전락하게 된다는 뜻입니다.

체면 따위는 팽개쳐버리고 사는 시대,

자신이 얼마나 천해져 있는지도 모르는 시대입니다.

들리십니까

험한 세상을 살다 보면
인간의 머리로는 마땅한 해결책을 찾아낼 수 없는
난관이나 고통에 봉착하는 수도 있습니다.
그런데 도와주거나 위로하지는 않고 비난하거나
괴롭히는 일로 즐거움을 느끼는 족속들이 있지요.
당연히 벌레 취급을 받아야 마땅합니다.

들리십니까.
복날은 죄 없는 개를 잡는 날이 아니라
개만도 못한 인간들을 잡아야 하는 날이라고
개들이 궁시렁거리는 소리.

운동선수가 들고 있는 야구 배트와
조폭들이 들고 있는 야구 배트는 용도가 다릅니다.
그래서 가치도 다릅니다. 책도 마찬가지입니다.
같은 책이라도 어떤 이는 그것을
인생 필독 지침서로 활용하기도 하지만
어떤 이는 그것을 라면 냄비 받침대로만 이용합니다.

당신의 가슴은 무엇으로 가득 차 있습니까

못난 놈 잡아들이랬더니 없는 놈 잡아들인다는
옛말이 있습니다. 예나 지금이나 없는 놈이 억울한 꼴을
당하기 마련입니다. 그리고 이 말 속에는, 있는 놈이
잘난 놈이요 없는 놈이 못난 놈이라는 뜻도 내포되어
있습니다. 그러니까 인간은 재력 여부에 따라 잘났는지
못났는지가 판가름이 난다는 얘기지요.

하지만 그건 정말 있는 놈 두부 처먹다
어금니 부러지는 소리나 다름이 없습니다.
황당무계한 잡설이지요. 극단적으로 말해서
지갑이 두둑한가 얄팍한가로 인간의 가치를
판단하는 것은 인간에 대한 모독이면서
아울러 인간을 창조하신 하나님에 대한 모독입니다.
왜 인간이 만물의 영장일까요.
만물을 사랑할 수 있는 가슴을 간직한 생명체가
인간밖에 없기 때문입니다.

따라서, 모름지기 인간이라면,
가슴속이 무엇으로 가득 차 있는지에 따라

그 가치가 결정되어야 합니다.
자비와 사랑으로 가득 차 있다면
가치 있는 인간이고, 아집과 편견으로 가득 차 있다면
무가치한 인간입니다.

정의가 두려운가요

지나치게 물질적이고 현실적인 풍요를 갈구하는 사람들은
어김없이 정신적이고 감성적인 결핍을 초래하게 됩니다.
그것은 일종의 갈증이나 허기와 비슷한 증세를
동반합니다. 그래서 비싼 음식으로 배를 채우거나
비싼 의류로 몸을 치장하거나 비싼 저택을 매입하게 됩니다.
하지만 갈증이나 허기는 절대로 사라지지 않습니다.

어떤 사태의 진실이 밝혀지기를 꺼리는 무리들은
정의를 두려워하는 무리들입니다.
그들이 정의를 두려워하는 것은
자신들의 비리가 드러나는 것을 두려워하기 때문입니다.
젊은 나이에 비리의 편에 서는 것은
일찌감치 양심을 팔아먹었다는 증거입니다.

아무리 날쌘 제비라도 한쪽 날개로는 날지 못합니다.
최소한의 조건도 갖추어주지 않은 상태에서
최대한의 능률이 오르기를 기대할 수는 없습니다.
OECD 국가 중 경제력 12위를 고수하는 대한민국.
이제 환경이나 처우도 그에 걸맞은 수준이기를 빕니다.

글의 참맛

『채근담』에는, 아무리 가까운 길이라도
가지 않으면 닿지 못하며
아무리 쉬운 일이라도 하지 않으면
이루지 못한다는 말이 있습니다.
모든 문제를 앉아서 입이나 잔머리로만 해결하려는
사람들이 있지요. 하지만 천금 같은 명언도
실천하지 않으면 쓰레기가 됩니다.

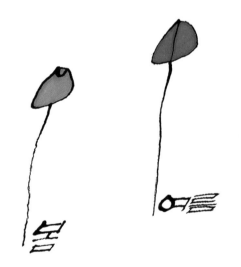

음식은 오래도록 씹어야 제맛도 나고
소화도 잘 된다고 합니다. 글도 마찬가지입니다.
음식을 오래 씹듯이 잘 음미하면서 읽어야
행간도 헤아리고 진의도 파악할 수 있습니다.
특히 문학 작품은 건성으로 읽거나
따지면서 읽으면 글의 참맛은 느낄 수가 없습니다.

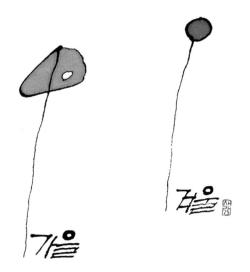

문을 두드려라 그러면 너희에게 열릴 것이니.
마태복음 7장에 있는 말씀입니다.
그런데 아무리 두드려도 안 열린다고
말씀하는 분들이 계십니다.
그런 분들은 먼저
자기 가슴이 굳게 닫혀 있지 않은가부터 점검해 보시기를.

뻔한 답변은 사양할게요

서당개 삼 년이면 풍월을 읊고,
식당개 삼 년이면 라면을 끓이고,
성당개 삼 년이면 십계명을 외운다는 말이 있습니다.
그런데 요즘 개들은 키운 지 십 년이 넘었는데도
집을 지킬 생각이 없는 것 같습니다.
집을 지키기는커녕 도둑을 보면
꼬리를 살랑살랑 흔들면서 반기는 기색입니다.
뿐만 아니라, 뻑하면 주인을 보고 으르렁거리거나
주인의 장딴지를 물어뜯습니다. 개뿐만이 아닙니다.
고양이도 마찬가집니다.
쥐를 보아도 전혀 잡을 생각을 하지 않습니다.
자주 주인에게 앙칼진 이빨이나 날카로운 발톱을
드러내 보입니다. 왜 이럴까요.

사랑이 부족해서라는, 뻔한 답변은 사양하겠습니다.

3장

나는 왜 언제나
태양을 등지고 살까

나는 왜
언제나
책상을
등지고 앉자

하늘보다 더 높은 하늘
바다보다 더 깊은 바다
내 사랑은
도대체
어디쯤 숨어 있는 걸까요

2015

파이팅게일

일찍 잠에서 깨어나 병동 복도를 왕복해서 걸었습니다.
통증은 말끔히 사라져버렸습니다. 이대로 퇴원해서
화천까지 걸어갈 수도 있다는 생각을 했습니다.
그러나 아직 식사조절에 익숙지 않아서
가끔 설사를 하기도 합니다.
그래도 입맛은 그대로 살아 있습니다.

춘천 성심병원 중환자실 수간호사 선생님은
제가 수술하는 날 휴가도 반납하고
제 간호에 주력하셨다는 얘기를 들었습니다.
수술이 끝나고 일반 병실로 옮겼을 때도
꾸준히 방문해서 경과를 체크하고 격려를
잊지 않으십니다. 언제나 친절, 유쾌, 상냥하십니다.
환자들이 보면 저절로 힘이 생깁니다.
그래서 제가 나이팅게일을 뛰어넘는
파이팅게일이라고 별명을 지어드렸습니다.

곰과 문

생을 마감하는 자살을 뒤집으면

생을 지속하는 살자가 됩니다.

부정적 의미를 가진 NO를 뒤집으면

긍정적 의미를 가진 ON이 됩니다.

위를 의미하는 上을 뒤집으면

아래를 의미하는 下가 되지요.

곰은 미련과 불통을 상징하는 짐승이지요.

하지만 곰이라는 글자를 뒤집으면

출입과 소통을 상징하는 문이 됩니다.

가끔 안 풀리는 자물쇠를 만났을 경우,

발상을 뒤집으면 열쇠가 발견되는 경우가 많습니다.

자뻑의 생활화 ^^

대답해드릴까요

말 많은 집은 장맛도 쓰다는 속담이 있지요.
요즘 우리나라 장맛은 전국적으로 소태맛일 거라는
생각을 했습니다. 옛날에는 장 담그는 날
성격 더럽거나 말 많은 놈은 출입금지였습니다.
인간의 마음이 만물의 변화에 영향을 미친다는 속설,
저는 믿습니다.

대한민국 사람들은 아직도 중국 물건에 대해서는
크게 믿음을 표명하지 않습니다. 왜 그럴까요.
너무 많이 속았기 때문입니다.
대한민국 정치가들에 대해서도 마찬가지입니다.
지키지도 못할 공약(空約)을 너무 많이 남발해서
신뢰도를 떨어뜨렸기 때문입니다.

저를 보고 왜 부정적인 글들만 SNS에 올리느냐고
물으시는 분들이 있습니다. 대답해드릴까요.

긍정적인 세상을 보고 싶은 소망 때문입니다.

스스로 진국

진국은 원래 진한 국물을 의미하는 단어였습니다.
그런데 거짓 없이 참된 사람, 또는 선량한 마음씨와
성실한 성품을 간직한 사람을 표현할 때도
진국이라는 단어를 씁니다.
사람냄새를 물씬 풍기는 인물을 표현하기에도
매우 적합한 단어지요.
하지만 바쁜 일상, 각박한 세태, 물질의 풍요가
곧 행복과 직결된다는 미신 속에서 살아가는
사람들 속에서는 진국들을 만나기가 어렵습니다.
결국 진국을 만나는 가장 쉽고 빠른 방법은
나 자신이 직접 진국이 되는 것입니다.

부끄럽습니다

반찬 항아리가 열둘이라도 서방님 비위 못 맞추겠다는
속담이 있습니다. 성미가 까다로운 사람을
만족시키기 힘들 때 탄식처럼 쓰는 속담입니다.
특히 성미가 까다로운 직장 상사를 모시는 분들께는
안성맞춤이지요. 하지만 듣는 데서 쓰시면
좌천이나 실직 각오.

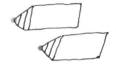

잠으로 허비하는 시간이 아까워서 날마다
버틸 대로 버티다 아침이 되어서야 쓰러져 잠이 듭니다.
공부도 변변치 못한데 세상까지 어수선해서
일이 제대로 손에 잡히지 않습니다.
세상을 바로잡는 데 아무런 보탬도 되지 못한다는 사실이
마냥 부끄럽기만 합니다.

지금 어느 편에 서 있습니까

고통 앞에 중립은 없다.
얼마 전 방한하셨던 프란치스코 교황님의 말씀입니다.
인간이라면 당연히 고통을 씻어주는 일에
앞장서야 한다는 뜻으로 받아들이겠습니다.

당신은 지금 고통을 받는 자의 편에 서 있습니까
아니면 고통을 주는 자의 편에 서 있습니까.

혈액 채취. CT 촬영. 엑스레이 촬영. 수면내시경 등의 검사를
끝마치고 집필실로 돌아왔습니다.
석 달 전까지만 하더라도 휠체어를 타고 다녔었는데
오늘은 제 발로 걸어 다니니까
각 부처 담당 선생님들께서 많이 건강해진 것 같다고
진심으로 기뻐해 주셨습니다. 결과는 월요일
최대로 박사님과의 면담을 통해 알려주시겠답니다.
하늘이 잔뜩 찌푸린 낯빛으로 가라앉고 있습니다.
천둥소리도 들립니다. 오늘따라 관절들이
유난히 뻑적지근합니다. 날씨야 제 뜻대로 안 되겠지요.
그러려니 하겠습니다.

가증의 극치

조작과 분열을 앞장서서 선동, 조장하는 것은
정치 모리배들입니다. 그들이야말로
소통 타령, 화합 타령을 입에 달고 살아갑니다.
그러면서 엉뚱한 사람들을 선동꾼으로 몰아세우지요.
정의나 상식 따위는 시궁창에 내던져버린 지 오래입니다.
가증의 극치입니다.

치산치수에 그토록 많은 돈 쓸어박고도 물난리가 나서
서민들이 고충을 겪는다면 지역 여하를 막론하고
부끄럽고 죄스러운 일이지
낙동강에서 머네 영산강에서 몇 리 길이네
변명해드릴 노릇은 아니라고 생각합니다.
정비한 곳이나 안 한 곳이나 탈이 없어야 정상.

들으면 스트레스 쌓이고 말하면 스트레스 풀리는 단어.
제기럴.

그대 가슴에

산에는 소나무만 살지 않습니다.
세상도 마찬가지입니다. 성인군자만 살 수는 없습니다.

튼실한 나무 한 그루가 천 마리의 벌레와
백 마리의 새늘을 먹여 살립니다.

적어도 꽃만큼은 아픔을 겪어야
그대 가슴에도 꽃이 피어날 수 있답니다.

꽃이 진다고 한탄하지 마십시오.
꽃이 지지 않으면 어찌 그 자리에 열매가 맺히겠습니까.

꽃피우기
어렵지않다
그때 열기
어려울 뿐

절대로 잊지 않겠습니다

춘천 한림성심병원에 가서 검진 결과를 확인했습니다.

줄곧 제 치료를 담당해 오신 최대로 박사님께서

무척 반기는 표정으로 저를 맞이해 주셨습니다.

더 지켜보아야 할 일이지만 현재까지는

전반적으로 별다른 이상이 없다는 말씀이셨습니다.

간 수치는 입원 당시 들쭉날쭉하는 편이어서 불안했는데

무척 좋아졌다고 말씀하셨습니다.

"너무 좋아지셨는데 혹시 다른 환자 데이터인가" 하는

농담까지 던지셨습니다.

아무튼 별다른 이상이 없다니 기분이 엄청나게 좋습니다.

수술을 담당하셨던 류병윤 박사님,

중환자실의 파이팅게일님, 그리고 최선을 다해

저를 배려하고 격려해주셨던 간호 부장님과

여러 선생님들께 엎드려 감사를 드립니다.

암 확진을 받는 날부터 지금까지

줄곧 격려와 사랑을 보내주신 독자 여러분의 은혜 또한

절대로 잊지 않겠습니다. 감사합니다.

우주의 중심

장수가 깜깜한 밤중에 꺼진 촛불을 높이 들고
나를 따르라고 소리친다면 과연 따를 부하가
몇 명이나 되겠습니까.
장수가 지혜와 자비를 갖추지 못하면
부하들은 당연히 오합지졸이 되고 맙니다.
그런 장수와 그런 부하들이 전투를 치르면
백전백패는 뻔할 뻔 자.

제비는 작아도 강남을 가고 달팽이는 느려도
목적지에 이릅니다. 열등감을 단호하게 걷어차버리고
희망을 굳게 끌어안고 삽시다.
그대 인생에도 따뜻한 봄이 오고
그대 인생에도 축복이 쏟아지는 날이 옵니다.

언제 어디를 가도 그대가 우주의 중심입니다.

결함 찾기

조선시대에도 마당극을 통해 타락하거나 부패한 양반을
질타하고 조롱하는 행위를 당연시했습니다.
그런데 지금 이 시대에 영화나 문학이나 회화나 노래에
정치적 잣대를 들이대고 가위질이나 칼질을
서슴지 않습니다. 한마디로
무지와 폭력이 결합된 만행입니다.

남의 결함을 헐뜯는 즐거움 하나로
인터넷을 하는 사람들이 있습니다.
하지만 거울을 아무리 열심히 닦아도
자기 얼굴에 묻은 숯검정이 지워질 리가 없습니다.
타인에게서 발견하는 결함보다는
자신에게서 발견하는 결함이
언제나 더 큰 가르침을 주는 법이지요.

자뻑열전

번데기 앞에서 주름 잡기.

공자 앞에서 문자 쓰기.

포클레인 앞에서 삽질하기.

하마 앞에서 하품하기.

양치기소년 앞에서 구라 치기.

돼지 앞에서 코 뒤집기.

박태환 앞에서 개헤엄 치기.

부처 앞에서 설법하기.

카사노바 앞에서 여친 자랑하기.

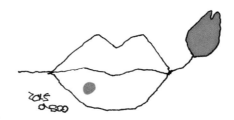

둘이 아닙니다

제자가 사온 울릉도 호박젤리와 호박엿을 먹으면서
봉투에 적힌 성분들을 살펴보았습니다.
젤리는 호박이 30퍼센트나 들어 있었고
엿은 호박이 10퍼센트나 들어 있었습니다.
주재료가 0.1퍼센트나 0.3퍼센트인 과자들에 비하면
얼마나 푸짐한 함량입니까.

날씨가 흐렸네요. 저는 날마다
천 근 무게의 우울을 짊어지고 삽니다.
해가 떠도 세상은 흐림. 우주와 제 몸이 둘이 아니고
세상과 제 몸도 둘이 아닙니다.
물론 제 몸이 늙은 건 확실합니다.
하지만 마음까지 늙지는 않았습니다.
젠장, 힘을 내겠습니다.

개념 장착

입추가 지났다는 사실을 어찌 알았을까요.

갑자기 풀벌레들의 울음소리가 높아지고 있습니다.

가끔 인간은 절기를 잊고 살아도

자연은 어김없이 절기에 따라 변화를 보여줍니다.

절기에 따라 변화를 보여주지 못할 경우 철이 없다,

또는 철이 덜 들었다는 표현을 쓰기도 합니다.

정직하게 말하면 풀벌레만도 못하다는 뜻이겠지요.

'웃는 얼굴에 침 뱉으랴'는 속담이 있습니다.

물론, 찌푸린 얼굴보다야 웃는 얼굴이

한결 호감이 갑니다. 하지만 웃음도 때와 장소를 가려서

흘릴 줄 알아야 합니다.

남의 기분을 고려치 않고

내 기분에만 도취되어 웃음을 흘리다가는

멱살잡이를 당하거나 아구창이 날아가는

불상사를 당할 수도 있습니다. 분위기 파악,

그리고 개념 장착, 그것도 일종의 교양입니다.

보약 대 독약

무심코 속담사전을 뒤적거리다
'이태백도 술병 날 때가 있다'는 속담을 발견했습니다.
왜 그 사실을 한 번도 생각해보지 않았을까요.
이태백이라고 어디 좋은 술만 마셨겠습니다.
맑은 술 탁한 술, 주종을 불문하고 마셨겠지요.
술은 어느 나라 사람이 마시든 기분이 좋을 때 마시면
보약이 되고 기분이 나쁠 때 마시면 독약이 됩니다.
이태백도 최소 열 번 중에 한 번은 속이 뒤집혀서
오바이트를 했을 것이다에 화천 막걸리 열 병 걸겠습니다.

분발하겠습니다

요즘은 커피 한 잔 값과
책 한 권 값이 거의 맞먹습니다.
커피가 책보다 사랑을 받는 시대가 도래한 듯합니다.
물론 커피 향만도 못한 책들도 부지기수지요.
그게 어찌 커피나 커피 마니아들의 잘못이겠습니까.
그게 어찌 출판 종사자들의 잘못이겠습니까.
양쪽 다 많은 사람들의 노력이 투자되었다는 사실을
저는 잘 알고 있습니다.

글밥을 먹고사는 한 사람으로서,
새삼 분발을 다짐하지 않을 수 없습니다.

낙장불입과 일수불퇴

한 가지 거짓말을 합리화하기 위해
천 가지 거짓말이 필요합니다.
하지만 정치가들 중에는 천 가지 거짓말을 하면서도
전혀 부끄러움을 느끼지 못하는 족속들이 있습니다.

자신의 잘못을 인정하지 않는다면
반성도 기대하기 어렵습니다.
반성을 기대하기 어려우면 개선도 기대하기 어렵습니다.
세상이 썩었다고 한탄만 할 때가 아닙니다.
특히 사리사욕과 부정부패에 앞장서는 정치가들은
정치할 자리와 기회를 주지 말아야 합니다.
낙장불입과 일수불퇴는
화투판이나 장기판에만 있는 것이 아닙니다.

성적에 맞춰 사실 건가요

부정이 없다면 감출 일이 무엇이며
부패가 없다면 덮을 일이 무엇입니까.
청렴결백은 멀리하고 부정부패만 가까이 두게 되면
날이 갈수록 국민의 원성이 자자할 수밖에 없습니다.
기도조차 하늘이 외면하는 세상,
성경을 들먹거린들 먹힐 리가 없지요.

소금 먹은 놈도 시치미를 떼고
죄 지은 놈도 시치미를 뗍니다.
툭하면 오리발, 뻑하면 아몰랑입니다.
대형 사고가 빈번하게 터져도
책임지는 고위직은 없습니다.
때로는 벌을 받아야 할 놈이 상을 받는 경우까지 있습니다.

감정 관리, 건강 관리

담뱃값 오른다고 담배 끊을까요.

쌀값 오른다고 밥 끊는 사람 있을까요.

스트레스 많이 쌓이는 사람에게는

담배 또한 일용할 양식과 같습니다.

식후불연이면 패가망신에 조실부모한다는

우스갯소리까지 있습니다. 흡연자는 모두 중독상태지요.

속담에 의하면, 소는 뒷걸음질을 치다

쥐를 잡는 수도 있다지만

역사는 뒷걸음질을 치면 생사람을 여럿 잡는 수가 있지요.

뒷걸음질은 문자 그대로 퇴보입니다.

퇴보가 계속되면 몰락에 이르게 됩니다.

과연 몰락에 이르기 위해 열심히 일하는 사람이 있을까요.

수많은 사람에게 사랑을 받는 존재가 되려고 노력하는

사람보다 수많은 사람에게 사랑을 주는 존재가 되려고

노력하는 사람이 훨씬 빨리 성공에 이르게 됩니다.

두 사람의 가치관은 확연히 다를 뿐만 아니라

신은 궁극적으로 후자의 편이기 때문입니다.

오늘 기분은 어떠신가요.

병든 몸으로 비싼 음식을 먹는 쪽보다는

건강한 몸으로 싸구려 음식을 먹는 쪽이

훨씬 행복하다는 사실만 알아도

상당량의 불평과 우울의 무게를 덜어낼 수가 있습니다.

감정을 잘 관리하는 일, 그것이 건강을 잘 관리하는 일입니다.

참 이상도 하지

먼 곳에 있는 물은 가까운 곳에서 일어난 불을
끄지 못합니다. 그런데 참 이상도 하지요.
내가 위급할 때마다 친한 사람들은
한결같이 멀리 있을 때가 많습니다.
내 잘못도 친한 사람들 잘못도 아닙니다.
세상일 거의가 내 뜻대로 되지 않을 뿐입니다.

『명심보감』에, 술에 취했는데도 쓸데없는 말이 없으면
그가 바로 군자라고 했습니다.
세월호 참사 이후에 대한민국에서
얼마나 많은 군자들이 사라져버렸을까요.
하지만 저는 관계기관의 무책임한 모습에 대해서는
호된 욕을 퍼부어야 정상적인 군자라고 생각합니다.
이런, 비러처머글!

베풀기도 해야 사랑이고 자비입니다

기회가 곧 행운입니다.

그러나 간절히 기다리지 않는 자들은

기회가 와도 기회가 왔다는 사실을 모릅니다.

다 지나간 다음에도 세상이나 하늘이나 조상을 원망할 뿐,

결코 자신을 탓하지는 않습니다.

그래서 늘 뒷걸음질 아니면

제자리에 머물러 있을 뿐입니다.

돈을 상전처럼 떠받드는 수전노들 중에는

대개 사람을 하인처럼 깔아뭉개는 철면피들이 많습니다.

특히 종교 지도자들이 돈을 상전처럼 떠받들고 살게 되면

신도들을 앵벌이로 전락시키기 십상입니다.

걷기만 하지 말고 베풀기도 해야 사랑이고 자비 아닐까요.

어쩌나, 노란색

교육부가 프란치스코 교황도 달았던 노란 리본을
'정치적 활동 오해 소지가 있다'고 금지시켰답니다.
대한민국에는 노란색만 보면
거부감을 일으키는 분들 있으신 거 아닙니까.
도로 중앙선은 모두 노란색인데
출타하시면 늘 비행기만 타고 이동하실 건가요.

귀로는 그릇된 사람의 말을 듣지 말아야 하며
눈으로는 그릇된 사람의 행동을 보지 말아야 한다는
가르침이 있습니다. 그런데 온갖 비리와 범죄가
만연해 있는 대한민국에서 과연 그 가르침을 지키며
살 수가 있을까요.
그냥 목숨이나 부지하고 살면 천만다행.

『한서』에 이르기를 궤짝에 황금이 가득 차 있다 하여도
자식에게 경서 한 권을 가르침만 못하다고 하였습니다.
그런데 요즘 부모들은 반대입니다.
궤짝에 경서가 가득 차 있어도
자식에게 금궤 한 개를 물려줌만 못하다고 생각합니다.

성품이나 인격 따윈 뒷전입니다.

세월이 빠르다는 사실을 알게 되면서
자신의 인생이 덧없이 지나갔다는 사실을 알게 됩니다.
남을 구제할 생각은 엄두도 내지 못했고
결국 자신조차도 구제하지 못했다면
지금부터라도 늦지 않았습니다.
남에게 따뜻한 말 한마디라도 건네면서 살아갑시다.

설득을 위한 필수요소

미간을 찌푸리고 불평을 하면서 일을 한다고
능률이 더 오르지는 않지요. 어차피 해야 할 일이라면,
웃는 얼굴에 콧노래라도 곁들이면 어떨까요.
한결 빨리 그리고 수월하게 끝마칠 수 있습니다.
물론 너그러운 마음의 소유자가 아니면 쉽지는 않겠지만.

나이 많은 사람이 젊은 사람을 대상으로
설득에 실패했다면 젊은 사람의 사고방식에
의구심을 가지기 전에 자신의 주장에
정의와 진실이 얼마나 내포되어 있었는지부터
점검해야 합니다.
정의와 진실은 설득을 위한 필수요소이며
대의명분이기 때문입니다.

심각해하지 마세요

가급적이면 화를 내지 마세요.
화를 내면 받는 사람보다 내는 사람이
더 피해를 입기 마련입니다.
어쩔 수 없이 화를 내셨다면 최대한 빨리 삭여버리세요.
화가 삭을 때까지 아기의 눈동자를 들여다보고 있거나
숫자를 헤아리는 방법도 효과가 있습니다.

낮에 별이 뜨기를 기다리고
밤에 해가 뜨기를 기다리는 사람이 있습니다.
소용없는 짓이라고 아무리 타일러도
고집을 꺾지 않습니다.
그런데 의지가 강한 사람이라고
칭찬하는 부류들이 있습니다. 심각할 필요는 없습니다.
지능이 떨어지는 사람들의 조합이니까요.

더도 말고 덜도 말고

집도 절도 없이 객지를 떠돌던 시절에는
생일이면 늘 굶어야 했습니다.
수중에는 땡전 한 푼 없었고
남의 집에 가서 밥을 얻어먹기도 난감한 입장이었습니다.
더도 말고 덜도 말고 한가위만 같으라는 말이
제게는 저주 같았습니다. 제 생일은 바로 추석입니다.

젊었을 때 제가 많이 굶었다는 사실을
잘 알고 있는 울 싸모님,
추석날은 반드시 두 그릇의 아침밥을 준비합니다.
한 그릇은 제삿밥, 한 그릇은 생일밥이지요.
이제서야 더도 말고 덜도 말고 한가위만 같으라는 말이
축복으로 들립니다.

바람 부는대로
물결 치는대로
살고 싶다면
먼저 나부터
죽어야 합니다

복장 터지는 일

철과 털의 공통점이 있습니다. 나이가 들어야 생깁니다.
하지만 나이 들어도 털만 나고
철은 안 드는 사람들이 있지요.
대개 자기 생각만 하는 사람들이 그럴 경우가 많습니다.
자기는 전혀 불편하지 않다지만
주변 사람들은 복장이 터질 수밖에 없습니다.

듣기 좋은 말도 진실한 사람이 해주어야 덕담으로 들리지
가식적인 사람이 해주면 사탕발림으로 들립니다.
그런데도 선거 때만 되면
똑같은 정당의 똑같은 인물이 던지는 사탕발림에
쉽게 속고 맙니다. 그래서 가끔
대한민국 전체가 비틀거리기도 하지요.

고래를 사냥하러 떠나는 자가
새우 따위에 한눈을 팔지는 않습니다.

작은 것을 소홀히 하는 것

외래종 베스와 블루길을 격퇴할 수 있는
토종 물고기가 2종 있는데 바로 쏘가리와 가물치입니다.
쏘가리는 한자로 궐(鱖) 자를 씁니다.
승진, 진급, 급제, 영전 등의 소망을 담고 있는 것으로
알려져 있습니다.

사람의 관점이 기준이 아닐 경우
큰 것과 작은 것의 가치는 언제나 동일합니다.
먼지를 눈여겨볼 줄 모르는 자는
우주도 눈여겨볼 줄 모릅니다.
작은 것 속에 언제나 큰 것이 들어 있으므로
작은 것을 소홀히 하는 것은 곧 큰 것을
소홀히 하는 것입니다.

반칙과 원칙

가을이 미처 끝나지도 않았는데 뼈가 시립니다.

바람에게 반칙 아니냐고 물었습니다.

바람이 제 귀에다 비아냥거리는 소리 한마디를 남기고

쏜살같이 도망쳐버렸습니다.

상식도 없고 원칙도 없는 세상에서는

반칙이 곧 상식이고 원칙이라네 — 써글!

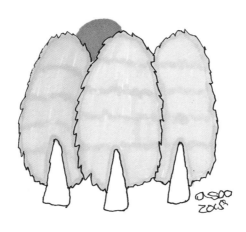

기다리는 일은
사랑하는 이들의
일들다

세상의 빚, 세상의 빛

빛이라는 글자에서 점 하나를 빼버리면
빚이라는 글자가 됩니다. 현실적으로 생각해보아도
참 오묘합니다.
세상의 빛이 되기 위해 태어난 사람들이
점 하나를 상실하면 세상의 빚이 되어 살아갑니다.
그 상실한 점 하나가 도대체 무엇일까요.
바로 사랑입니다.

진정한 사랑이 존재하지 않는 시대에는
진정한 행복도 존재하지 않습니다.
악화되면, 인간이라는 이름을 가지고
짐승이라는 이름으로 살아갈 확률이 높습니다.
그대는 어떠신가요.
세상의 빚인가요 아니면 세상의 빛인가요.
우리 모두 정신줄 챙기면서 살아갑시다.

닮은 점을 찾아보세요

반풍수가 집안 망친다는 속담이 있습니다.
잘 알지도 못하면서 아는 척하다가
일을 크게 그르쳤을 때 쓰는 말입니다.
SNS에는 반풍수들이 아주 많지요.
가만히 있으면 중간은 간다는 속담,
그분들을 위해 만들어졌을지도 모릅니다.

좋은 글을 쓰고 싶으신가요.
만물들과 자주 대화를 나누는 습관을 기르세요.
누구나 처음에는 대화가 잘 이루어지지 않겠지요.
하지만 만물들에게서 자신과 닮은 점을 찾아보세요.
조금씩 만물에 대한 애정이 생깁니다.
그러면 차츰 말문도 트입니다.

사랑과 고독

하늘에 계신 우리 아버지 이름을
거룩하게 만들지는 못할 망정,
하늘에 계신 우리 아버지 이름을
거북하게 만들어서야 되겠습니까.
물론 종교적 본질에 입각해서
진실한 믿음을 실천하시는 분들께
드리는 말씀은 아닙니다.

사랑보다 큰 재산이 어디 있으며
고독보다 큰 가난이 어디 있겠습니까.

언제인가부터 세상은 막장을 향해
급격히 곤두박질치고 있습니다.
세상을 썩지 않게 만들어야 할 방부제들이 먼저 썩어서
지독한 악취를 발신하고 있습니다.
그 주위에 날파리들만 떼 지어 날아다닙니다.
비조차 내리지 않고 있습니다. 심하게 목이 마릅니다.

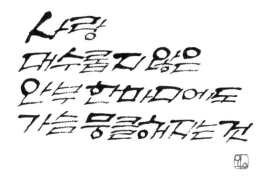

혹독한 겨울을 보낸 나무일수록

젊어서의 실패는 성공의 토대가 되기도 하지만
늙어서의 실패는 실패로 끝나버릴 확률이 높습니다.
저는 늙었습니다.
그래도 예술에의 도전을 포기하지는 않습니다.
그것이 자신만을 위한 도전이 아니라
세상을 위한 도전이라면 기꺼이 앞장서겠습니다.

아무리 귀한 자식이라도
때로는 혹독하게 꾸짖고
때로는 혹독하게 벌을 주어야 합니다.
자기밖에 모르는 아이로 키우면
결국 사회성이나 협동성이 결여된 인격체로
성장하기 마련입니다.
유난히 혹독한 겨울을 보낸 나무일수록
봄이 되면 그 잎이 짙푸르다는 사실을 잊지 마시기를.

닦고 기름 치고 조여주세요

비록 초가삼간에 살지만
작은 소유에도 늘 만족감을 느끼면
그가 곧 남부럽지 않은 부자요,
비록 아방궁에 살지만 큰 소유에도 늘 부족감을 느끼면
그가 곧 찌들어 붙은 가난뱅이입니다.

자연은 시시각각 달라지기 때문에 밖에 나가면
하늘 아래 똑같은 풍경은 없습니다.
그런데도 당신은 늘 풍경이 똑같다고 생각합니다.
감성도 수시로 닦고 기름 치고 조여주지 않으면
녹슬어버리거나 응고되어버립니다. 쿨럭.

새 사랑이 옵니다

내가 고통스러울 때는 참는 것이 미덕일지 몰라도
남이 고통스러울 때는 참는 것이 미덕은 아닙니다.
비록 힘이 부족하더라도 고통을 덜어주기 위해
기꺼이 나서는 것이 미덕입니다.
외면하거나 침묵하는 것이야말로
미덕이 아니라 미개입니다.

대중가요 가사들이 모두 자신의 처지를
대변하고 있다는 사실을 절실하게 느끼고 있다면
그대는 실연했을 가능성이 높습니다.
그대는 비로소 존버정신의 가치를 깨닫게 됩니다.
하지만 절망하지는 마십시오.
헌 사랑이 가면 반드시 새 사랑이 옵니다.

사랑

아무리 멀리 떠났어도
나들기 집에 돌아오기

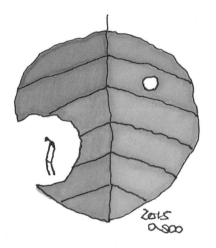

2015
오900

어즈버 태평연월

이 세상에 그대와 무관한 인간은

단 한 명도 존재하지 않습니다.

다만 그대가 필요하지 않다고 여기는 인간만

무수히 존재합니다. 하지만 어느 날

외계인이 지구를 침공한다면,

그때는 모두가 동포라는 사실을 비로소 깨닫게 되겠지요.

길재 선생께서 환생하시면,

오백 년 도읍지를 환생해서 돌아보니 산천도 썩었는데

친일파만 득실득실 어즈버 태평연월이 꿈이런가 하노라,

하고 읊으실지도 모릅니다.

시간은 후진이 불가능한데 시대는 가끔 후진을 합니다.

제기럴!

혹시 떠오르는 얼굴이

속담사전에 보면 어물전 망신은 꼴뚜기가 시킨다는
속담 바로 밑에 어물전 털어먹고 꼴뚜기 장사한다는
속담이 떡하니 자리 잡고 있습니다.
비록 어물전을 털어먹기는 했지만 어쩌겠습니까,
꼴뚜기라도 있으니 천만다행이라고
자위하면서 살아야지요.
그러다 보면 언젠가는 꼴뚜기 장사가
대왕오징어 장사로 변할 날도 오겠지요.
부정적 사고는 부정적 결론을 불러들이고
긍정적 사고는 긍정적 결과를 불러들입니다.

말고기는 푹 삶아도 질기다고 합니다.
고집이 세고 남의 말을 잘 알아듣지 못하는 사람을
'설삶은 말대가리'라고 표현합니다.
왠지 입가에 웃음이 고입니다.

혹시 떠오르는 얼굴들이 있으신가요.

4장

이루고 싶은 사랑,
전하고 싶은 진실

글

머리로 쓰면
머리에 머물고
마음으로 쓰면
마음에 머문다

맛있는 식당

요즘 환절기라 그런지 입맛이 떨어졌습니다.
끼니때가 다가오면 버릇처럼 뭘 먹어야 하나 고민합니다.
젊었을 때, 오늘은 또 어디서 끼니를 구해야 하나,
고민하던 날들이 있었습니다. 그때를 떠올리면
한 이틀 정도는 굶어도 괜찮다는 생각이 듭니다.

제가 단골로 다니는 식당이 손님으로 시끌벅쩍하면
제가 차린 식당이 잘 되는 것처럼 기분이 좋습니다.
단골 식당들의 공통점은 딱 세 가지,
음식이 맛있다는 점, 주인도 종업원도 친절하다는 점,
항상 얼굴에 웃음이 넘쳐흐른다는 점입니다.

저 하늘에 연애편지나 한 줄 걸어놓고

청승이 늘어가면 팔자는 오그라지기 마련입니다.
그러니 이번 가을에는 청승 따위 멀리 걷어차버리고,
수시로 자뻑 모드를 시전하면서
자신에게 용기를 불어넣어줍시다.
주변을 둘러보면 온통 나보다 잘난 놈들 투성이지만,
까짓 거, 아직 쥐구멍에 볕들 날이 오지 않았을 뿐,
두고 봐라, 언젠가는 나도 대박 터뜨릴 날이 있을 거다,
큰소리 빵빵 치면서 살아갑시다.
그리고 이번 가을에는 부디 책 좀 많이많이 읽읍시다.
밥은 육신의 양식이지만 책은 정신의 양식입니다.
밥은 굶는 한이 있더라도 책은 굶지 말고 살아갑시다.
육신이 아무리 건강해도 정신이 허약하면
사람 구실하기 어렵습니다.
이번 가을에는 부디 어여쁜 사랑도 하면서 살아갑시다.

저 하늘에 연애편지나 한 줄 걸어놓고
저는 그만 그대를 잊기로 합니다. 가을.

정상이 아닐지도

축구에서는 반칙해서 옐로카드 두 번 받으면

경기장에서 퇴장해야 합니다. 그런데 정치에서는

옐로카드를 몇 번씩 받고도 모자라

레드카드까지 받았는데도

끝끝내 경기장에 남아 있는 선수들 많습니다.

선수도 심판도 관중도 다 정상이 아닐지도 모릅니다.

미꾸라지국 먹고 용트림한다는 속담이 있지요.

밑천은 바닥을 치는데 거드름은 하늘을 찌를 때

쓰는 속담입니다. 진실이 실종된 시대.

그러나 언제까지나 위선과 허세가 진실을

대신하지는 못하겠지요. 언젠가는 명백하게

진실이 규명되는 날이 오고야 말 겁니다.

오죽 좋겠습니까

선(先)미련, 후(後)슬기라는 옛말이 있습니다.
무슨 일을 잘못 생각하거나 망쳐놓은 후에
비로소 슬기가 생긴다는 뜻입니다. 요즘 대한민국 세태를
보면 다(多)미련, 무(無)슬기 같습니다.
사고는 꼬리를 무는데 수습은 지지부진.

인생사 내 뜻대로 되는 일이 없어서 허구한 날을
웃고만 살 수도 없고 허구한 날을 울고만 살 수도 없지요.
그래도 가끔은 뜻밖의 행운도 찾아오고
뜻밖의 사랑도 찾아온다면 오죽 좋겠습니까.
하지만 요즘은 제기럴, 복장 터지는 일들만
계속되고 있네요.

지금까지 살아오면서 수없이 태극기를 바라보았습니다.
직접 그려본 적도 있습니다.
태극기를 볼 때마다 가슴이 뭉클했습니다.
그런데 요즘은 태극기를 보면 한없이 부끄러워집니다.
왠지 눈시울이 젖어옵니다.
대한민국에 평화와 영광이 도래하기를 빕니다.

황공무지로소이다

오늘은 제헌절입니다.
한때는 법보다 주먹이 가깝다는 말이
유행하기도 했습니다.
그런데 요즘은 주먹보다는 빽이 가깝다는 말도 합니다.
그리고 빽보나는 돈이 가깝다는 말도 합니다.
양심이 없는 사람들이 많아질수록 그 말들이
당연시 됩니다. 쌍칼이지요.

세상이 썩었다고 사람까지 썩어서는 안 되겠지요.
세상을 썩지 않게 만드는 방부제가 되지는 못하더라도
곰팡이나 세균으로 살지는 맙시다. 존버.

똥 묻은 개가 겨 묻은 개를 나무라는 세상.
오늘도 얼토당토 않은 말씀 황공무지로소이다.

그 심보가 그 심보

기름을 버리고 깨를 줍는다는 말이 있습니다.
많은 원료와 비용과 인력을 들여서 얻은 것들을 팽개치고
처음부터 보잘것없는 일에 주력할 때 쓰는 말입니다.
수많은 선열들의 피땀과 목숨의 대가로 얻은
오늘의 대한민국, 다시 깨가 되지는 않도록 해야겠지요.

순망치한(脣亡齒寒).
입술이 없으면 이가 시리다는 뜻입니다.
서로 불가분의 관계를 가지고 있다는 뜻으로 쓰입니다만
한쪽이 망하면 다른 한쪽도 망하기 마련이라는 뜻으로도
활용됩니다. 따라서 남 망하기를 비는 심보는
결국 자기 망하기를 비는 심보입니다.

모든 새가 다 벌레 때문에 일찍 잠을 깨는 것은 아닙니다.
열매 때문에 일찍 잠을 깨는 새도 있습니다.

아직 날개를 가지지는 못했습니다.
그래도 하늘을 포기하지는 않겠습니다.

그 아픔이라는 놈

힐링이라는 말이 유행하고 있습니다.

힐링 캠프, 힐링 여행, 힐링 콘서트, 힐링 센터,

힐링 프로그램, 힐링 카페.

마치 힐링만이 길이요 진리요 생명이라고 생각하는

세상이 되어버린 것 같습니다.

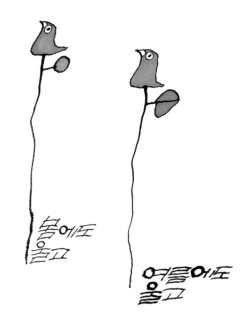

힐링은 치유를 뜻하는 단어라고 합니다.

힐링이 유행하는 현상만으로 판단한다면,

전 국민이 육체적으로나 정신적으로

건강한 상태는 아닌 것이 분명합니다.

모두들 심각한 아픔을 겪고 있는 것 같습니다.

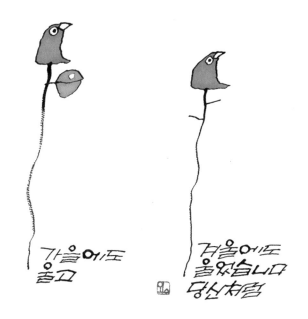

그런데 힐링을 받겠다는 사람도 힐링을 주겠다는 사람도
아픔의 근원이나 실체를 정확하게 알고 있지는
않은 것 같습니다. 힐링을 받아도 대부분 그때뿐이고
시간이 지나면 아픔은 재발합니다.

그 아픔이라는 놈은 언제, 어디서, 누가, 무엇을, 왜,
어떻게 했기에 끌어안게 된 것일까요. 저는 그 아픔이
어쩌면 육체적 결핍에 기인하는 것이 아니라
정신적 결핍에서 기인하는 것이 아닐까 하는
의구심을 가지고 있습니다.

술

어떤 일을 도모했을 때 그 일이 성사되지 않았다면
아직 때가 아니라고 생각하는 것이 좋습니다.
억지로 성사시키려 들면 반드시 부작용을 초래합니다.
마치 익지 않은 과일을 먹고 배탈이 나는 것과 같습니다.
음식에도 때가 있고 사업에도 때가 있습니다.
된장도 김치도 밥도 과일도 익어야 제맛이 납니다.
익을 때를 기다릴 줄 아는 것,
그것이 곧 지혜요 미덕입니다.

술은 적게 마시면 약주(藥酒)요
많이 마시면 망주(亡酒)라는 말이 있습니다.
젊었을 때는 망주만 마셨지요.
누가 주량을 물으면 몇 병을 마신다고는 말하지 않고
보통 무박삼일(無泊三日)이라고 대답할 정도였지요.
사흘 정도는 한 숨도 안 자고 술만 마셔댔습니다.
지금은 암 투병 끝내고 한 모금도 입에 댈 수가 없는
처지입니다. 에혀!

인간과 짐승의 차이

현자들은 법이 없어도 인간과 자연과 우주의 도리를
지키면서 삽니다. 하지만 우자들은 수시로
인간과 자연과 우주의 도리를 역행합니다.
그리고 그때마다 법을 개조하거나 신설합니다.
현자들은 자유를 당연시하지만
우자들은 속박을 당연시하지요.

과연 나이는 숫자에 불과한 것일까요.
중국 속담에는 50이 되어서야
공적이 없음을 부끄러워한다는 말이 있고,
장자는 50이 되어서야 49년의 잘못을 안다고 하였습니다.
부끄러워할 줄 아는 마음과 잘못을 아는 마음이
인간과 짐승의 차이를 만듭니다.

그대에게 보내는 마음

이루고 싶은 사랑과 전하고 싶은 진실은 손편지로!

어떻게 해야 하나요

귀한 자식 매 한 대 더 때리고
미운 자식 떡 한 개 더 준다는 속담이 있습니다.
하지만 요즘 부모들은 어떤 자식이든지 절대로
매를 들지 않습니다. 결국 부모한테만 귀한 자식이고
님한테는 미운 자식이 뇌는 결과를 조래합니다.

길이 아니거든 가지를 말고 말이 아니거든 듣지를 말라는
속담이 있습니다. 하지만 살다 보면 가끔
길 아닌 길로 들어설 때도 있고
말 아닌 말을 들을 때도 있지요.
그래서 곤경에 처하기도 합니다.
물론 욕망을 제어할 줄 안다면
덫에 걸릴 염려는 없습니다.

할머니가 수의사에게 조언을 구했습니다.
우리 소가 어떤 때는 제대로 걷고
어떤 때는 절름거리는데 어떻게 해야 하나요.
수의사가 대답했습니다. 제대로 걸을 때 팔아버리세요.

160

창조의 지름길

작가에게 자기와 똑같이 생각하고
자기와 똑같이 행동해 달라고 말하는 소치는,
창의력이나 개성 따위는 시궁창에 던져버리고
유통기한이 지나버린 군용건빵을 씹는 것처럼
맛대가리 없는 글을 써 달라는 요구와 같습니다.
지나친 오지랖은 민폐 그 자체입니다.

잘못된 가치관이 인간을 불행하게 만듭니다.
인간은 물질의 풍요만으로는
결코 행복질 수 없는 존재입니다.
잘못된 가치관은 오히려 인간을 불행하게 만듭니다.
이제 대한민국은 정신적 풍요를 염두에 두고
가치관을 수정할 때가 되었습니다.

남과 다른 패턴으로 사시는 것이 창조의 지름길입니다.

병들어 있는 겁니다

한때는 웰빙이 유행했지요.

웰빙은 육체적·정신적 건강의 조화를 통해

행복하고 아름다운 삶을 추구하는 삶의 유형,

또는 문화를 통틀어 일컫는 개념입니다.

지금은 힐링이 유행입니다.

힐링은 치유를 뜻하는 단어지요.

한마디로 세상은 병들어 있는 겁니다.

아름답고 행복하고 문화적인 삶을 추구한다는
웰빙 시대가 지나자 아프지나 말고 살았으면 좋겠다는
힐링 시대가 왔습니다.
앞으로는 과연 어떤 시대가 도래할까요.
제발 더 나빠지지는 말아야 할 텐데
지금 형편으로는 희망이 보이지 않는 것 같습니다.

인생도 마찬가지

한평생을 평지에서만 살아온 사람은
평지의 참모습을 알 수가 없고
한평생을 비탈에서만 살아온 사람은
비탈의 참모습을 알 수가 없습니다.
평지에서 비탈을 거쳐 정상까지 겪어본 자만이
평지의 참모습과 비탈의 참모습을 알 수가 있습니다.
인생도 마찬가집니다.

강한 자는 겸손하기 어렵고
약한 자는 솔직하기 어렵습니다.
강하지만 겸손하고 약하지만 솔직한 사람은
자신을 극복한 사람입니다.
이런 사람과 가까이 지내면 수양을
따로 할 필요가 없습니다.
성품도 control+C와 control+V가 가능합니다.

공생 아닌 기생

집안이 온화하고 정다우면 가난해도 좋으며
의롭지 않으면 부유한들 무엇하리.
『경행록』에 있는 말씀입니다.
어찌 집안뿐이겠습니까. 나라도 마찬가지입니다.
의롭지 않은 관료는 반드시 나라를 망칩니다.
모든 대형 사고 이면에는 부정부패가 감추어져 있지요.

기생충들의 특징은, 자기들이 기생하면서 공생한다는
착각 속에 빠져 있다는 것이지요.

'한국인, 돈은 많아졌지만 행복도는 세계 하위권' 기사에
거품 물고 태클 걸거나 변명에 두둔을 일삼는 무리들은
도대체 어느 행성에서 앵벌이하다 나타난
애국 코스프레 찌질이들입니까.
세상이 퇴보할 때는 좀 안타까워할 줄도 알아야
진짜 애국자 아닙니까.

진실과 소망

시곗바늘을 거꾸로 돌린다고
시간이 거꾸로 흐르지는 않습니다.
하지만 포악한 야만성을 버리지 못한 사람들은
가끔 시간을 역행하는 관습이나 행동을
보여주기도 합니다. 잘못된 사회를 바로잡으려면
지금이라도 인성을 중시하는 교육이 선행되어야 합니다.

천재에게 평범해지라고 말하는 것은
평범한 사람에게 비범해지라고 말하는 것처럼 공허합니다.
고양이는 스스로 하늘을 날 수 없고
독수리는 스스로 바다를 헤엄칠 수 없습니다.
하지만 우리는 믿습니다.
우리의 진실과 소망이 기적을 만들기도 한다는 사실을.

무조건 뱉지 말기

어떤 물건이나 현상이, 좋은 점이든 나쁜 점이든,

한쪽에만 치우치는 경우는 없습니다.

세상만사 새옹지마. 좋은 점이 있으면

반드시 나쁜 점도 있다는 뜻이지요.

달다고 무조건 삼키지 말고 쓰다고 무조건 뱉지 맙시다.

운명은 하늘이 정해주는 것이 아니라

내가 신념으로 불러들이는 것입니다.

오늘 쓰디쓴 경험이 내일 반드시 다디단 열매로

열린다는 사실을 굳게 믿으면서 살아갑시다.

뇌가 닫혀 있는 사람은 지갑도 닫혀 있습니다. 서점에서.

모름지기

집 나가면 모두 적이라고 가르치는 부모나 선생은
가장 단세포적인 존재들입니다.
세상도 망치고 사람도 망칩니다.
하지만 현실적으로는 집 나가면 도처에 위험이
도사리고 있습니다. 모름지기 부모나 선생이라면
분노하는 양심, 개선하는 지혜를 가르쳐야 합니다.

돈이 아무리 많아도 의롭지 않으면
짐승과 다를 바 없는 행동을 일삼게 되고
학벌이 아무리 높아도 의롭지 않으면
벌레와 다를 바 없는 행동을 일삼게 됩니다.
자녀에게 의로움을 가르치지 않는 부모는
결국 세상과 자식의 장래를 망치게 됩니다.

물들지 않기

소리개를 매로 보았다는 말이 있습니다.

무능해서 쓸모없는 것을 쓸모 있는 것으로

잘못 판단했을 때 쓰는 말입니다.

하지만 가짜가 진짜 대접을 받고

진짜가 가짜로 전락하는 요즘 세태에는

똥파리가 독수리 행세를 해도

당연지사로 여길 정도입니다.

짝퉁천국. 도대체 어디서부터 잘못된 것일까요.

남을 속이지 않고는 살아남기 힘든 세상이

오고야 말았습니다. 양심을 쓰레기통에 내던져버리고 사는

사람들이 갈수록 많아지고 있습니다. 제기럴.

어떤 일이 있더라도 물들지 않도록,

우선 저부터 각별히 조심하겠습니다.

가슴에 영원히

자식 잃은 아픔, 그리고 그 원인을 규명하기 위해
목숨을 걸고 46일 동안 단식을 감행했던 아버지가
첫 미음을 뜨면서 왠지 눈물이 났다고 했습니다.
그 눈물의 의미를 어찌 말로 표현할 수 있겠습니까.
모든 아버지들의 가슴에 영원히 기억되기를 빕니다.

쓰일 자리에 쓰이지 못하고 천대받고 있을 때
성 쌓고 남은 돌 같은 신세라는 말을 씁니다.
대학을 나와도 취업하기 힘든 세상입니다.
성 쌓고 남은 돌 같은 신세로 살아가는 젊은이들이
부지기수지요. 그분들께는 인생이 본전이라는 말이
새빨간 거짓말입니다.

울 엄마는
     제가 세상에서
     제일
     예쁘대요

a-soo
2015

요행

썩은 고기에서 벌레 난다는 옛말이 있습니다.
어디 고기뿐이겠습니까. 세상도 썩으면
벌레들이 득시글거리기 마련이지요.
그러거나 말거나 올해도 중천에 휘영청
보름달은 떠오릅니다.

벌레나 동물이 사람의 탈을 쓰고 망동하기 때문에
그 자체로 지은 죄가 막중합니다.

요행—신앙도 없고 재능도 없는 자들이 상습적으로
기대하는 천사의 실수.

상대가 사람일 때는 화를 삭여서 상대하시고
상대가 벌레나 동물일 때는
그대로 화를 내셔도 괜찮습니다.

어떤 목숨을 키우시나요

곤충이라는 이름을 가지고 살더라도
어떤 부류들은 꽃에 앉기를 좋아하고
어떤 부류들은 똥에 앉기를 좋아합니다.
인간이라는 이름을 가지고 살더라도
어떤 부류들은 나비처럼 고아하고
어떤 부류들은 똥파리처럼 역겹습니다.
물론 취향은 존중해 드리겠습니다.

바다는 미물인 플랑크톤에서 거대한 고래에 이르기까지
뭇 생명들을 모두 품어서 기릅니다.
세상의 모든 물들이 낮은 데로만 흘러서 모인 뜻이
거기에 있습니다.
끊임없이 높은 곳만을 바라보고 살아온 당신,
대저 가슴에 어떤 목숨들을 키우고 계시는지요.

지도자와 군자

지도자(指導者)는 남을 가르쳐 이끄는 사람입니다.

각계각층에는 지도자들이 있지요.

그리고 지도자들에게는 책임과 의무가 따릅니다.

그것을 비리의 면죄부로 사용해서도 안 되고

부패의 허가증으로 사용해서도 안 됩니다.

표리부동, 갈팡질팡은 더욱 금물이지요.

군자는, 남의 단점은 가급적이면 덮어주려고 애쓰고,
남의 장점은 가급적이면 높여주려고 애씁니다.
소인은 그 반대지요. 있는 장점은 가급적이면
묵살해 버리고 없는 단점을 조작해서
대중들의 비난과 혐오를 극대화시킵니다.
한마디로 인간 이하지요.

대형 사고가 터졌을 때, 관계 기관이 사건을
조작하거나 축소하거나 은폐하려는 의도가 있다면
풀리지 않는 의문점들이 양산될 수밖에 없습니다.
언론은 이것을 풀어야 하는 소명을 가지고 있습니다.
하지만 받아쓰기를 할 경우 사건은 미제로 종결되겠지요.

고음으로 부르는 노래만이 감동적인 노래가 아닙니다.
사람마다 각자가 불러서 감동을 줄 수 있는
노래가 있지요. 난이도가 높은 노래라고
반드시 음악적 가치까지 높지는 않습니다.
비록 음치라 하더라도
진심을 다해서 부르는 노래가 중요하지요.

사랑은 독감처럼

말 타면 경마 잡히고 싶다는 속담이 있습니다.
인간의 욕심과 허영은 끝이 없다는 의미로 쓰입니다.
여기서의 경마는 고삐를 잡고 말을 부린다는 뜻을
가지고 있습니다. 요즘은 승용차 타면 기사 부리고 싶다
정도로 응용하시면 되겠습니다.

어떤 분이 사랑은 홍역처럼
일생에 한 번은 앓아야 하는 것이냐고 물으셨습니다.
저는 독감처럼 수시로 앓는 것이라고 답변해드렸습니다.
하지만 그것 때문에 일생을 망쳐버리거나
세상을 하직할 수도 있다는 말은 해드리지 않았습니다.

세상에서 가장 빠른

일반적으로는 승리하면 기쁨을 얻게 되고
패배하면 교훈을 얻게 됩니다.
그런데 어느 쪽이 더 가치가 있을까요.
물론 활용하기에 따라 다릅니다.
때로는 승리가 독이 될 수도 있고
패배가 약이 될 수도 있습니다.

세상에서 가장 빨리 새끼를 치고, 세상에서 가장 빨리
성장해서 비대해지는, 성공의 방해물—불평.

지붕의 호박도 못 따는 놈이
하늘의 천도복숭아는 어찌 따겠느냐는 말이 있습니다.
물론 큰 꿈을 간직하는 것이 큰 죄가 되지는 않습니다.
하지만 젊었을 때 큰 꿈만 간직하고
전혀 노력을 기울이지 않으면
늙어서 큰 죄로 자평할 날이 오게 됩니다.

기꺼이 내 살을 찢는 것

한 가정을 이루는 데는 한 여자면 족합니다.
하지만 한 아이를 키우는 데는 온 마을도 부족하지요.
단순히 신체적 발육과 성장만으로는
키운다고 말할 수 없습니다.
인간답게 성장시켜야만 키운다고 말할 수 있습니다.
대한민국 교육이념은 홍익인간입니다.

옛말에 인명(人命)은 재천(在天)이요
역천자(逆天者)는 망(亡)하고
순천자(順天者)는 흥(興)한다고 하였습니다.
하지만 오늘날은 인명(人命)은 재처(在妻)요
역처자(逆妻者)는 망(亡)하고
순처자(順妻者)는 흥(興)한다는 말이 설득력을 가집니다.

러시아의 대문호 톨스토이가 말했습니다.

여자는 난로 가에서 일어서는데도 77번 생각한다.

이외수가 덧붙입니다. 77번 생각하고 일어선 다음에도

자신이 잘못 일어선 줄을 모른다.

녹슨 수저는 닦아야 반짝거리고

흐린 거울은 씻어야 맑아집니다.

재능과 감성도 마찬가집니다.

닦지도 않고 씻지도 않으면 녹이 슬거나 흐려집니다.

나뭇가지는 꽃봉오리 하나를 틔우는 데도

살이 찢어지는 아픔을 겪어야 합니다.

사랑도 다르지 않습니다.

그대를 꽃피우기 위해 기꺼이 내 살을 찢는 것,

그것이 바로 사랑입니다.

속을 만큼 속은 다음

가끔 꼴 보기 싫은 인간을 만나도,
산에 어디 소나무만 살던가, 하면서 참습니다.
가끔 어처구니없는 사건을 보아도,
새우 싸움에 고래 등도 터지는 세상이니까, 하면서
참습니다. 하지만 참는 자에게 복이 있나니 — 는 개뿔,
참다 보면 주량만 늘어갑니다.

닭 잡아먹고 오리발 내밀 때는
닭 임자가 어이없는 헛웃음을 뱉을 수도 있지만
소 잡아먹고 닭발 내밀 때는
소임자도 열불이 터져서 곡괭이를
집어들 수밖에 없습니다.
속을 만큼 속고 참을 만큼 참은 다음에는
결국 와장창, 분노만 폭발하게 됩니다.

혹시 약이 되어줄지도 모르잖아요

앞에서 꼬리치는 개가
뒤로 가면 발뒤꿈치를 깨물기도 합니다.
앞에서는 간이라도 빼줄듯이 아부하다가
돌아서면 험담을 일삼기도 하지요.
험담 정도는 약과입니다.
때로는 등에 칼침을 꽂는 수도 있습니다.
인간과 개의 차이가 생각보다 크지 않습니다.

기는 놈 위에 걷는 놈 있고,
걷는 놈 위에 뛰는 놈 있습니다. 저도 알지요.
뛰는 놈 위에 나는 놈 있고,
나는 놈 위에 쏘는 놈 있습니다.
그러니, 가급적이면 겸손하게 살겠습니다.
하지만 세상이 너무 몰라준다 싶을 때는
자뻑도 서슴지 않겠습니다.

가끔씩 그대 가슴 미어질 때
혹시 약이 되어줄지도 모를 이외수의 허튼소리들.

사랑
만물이 정지해있어도
그대 심장이 뛰는 소리는
들을 수 있다

사랑이라는 이름의 열쇠

나무도 꽃을 피우기 위해서는 수많은 날들을
인고해야 합니다. 인생도 꽃을 피우기 위해서는
당연히 수많은 날들을 인고해야 합니다.
힘겨울 때마다 자연에 시선을 돌리세요.
거기 분명히 거룩한 스승들과 절묘한 해답들이
준비되어 있습니다.

사랑이라는 이름의 열쇠로 열 수 없는 자물쇠는
이 세상 어디에도 존재하지 않습니다.

프랑스의 모럴리스트 라 로슈프코는 젊은 바보가
나이 든 바보보다 더 다루기 어렵다고 말했습니다.
하지만 바보를 다루려는 사람이
바보보다 더 바보는 아닐까요.
어쨌거나 바보는 수재보다 한결 더 많이 웃으면서
이 세상을 살아가는 것만은 분명합니다.

5장

비틀거리는 청춘,
내 탓만은 아니다

주저앉지마라

느린 꿈을이지만

그대를 향해

향유이 끓어오고있다

알맹이보다 포장?

암환자는 열심히 먹는 것과 열심히 걷는 것이
사는 길이라고 합니다. 3개월 전만 하더라도
벽을 짚고 화장실을 다녀오던 처지였습니다.
요즘은 3천 걸음이 기본.

입은 거지는 얻어먹어도 벗은 거지는 못 얻어먹는다는
속담이 있습니다. 빌어먹더라도 의복이 깨끗해야
사람 취급을 받는다는 뜻으로 쓰입니다.
거지 신분으로 유행을 따라갈 수야 없지만
차림새를 단정히 해서 나쁠 것은 없겠지요.
하지만 알맹이보다 포장을 중시하자는 뜻으로
해석하시는 분들이 계실까 적이 염려스럽습니다.

나이 들어갈수록 옷을 젊게 입어야 한다는 것이
저의 의상 담당 전영자 여사의 지론입니다.
하지만 새 옷은 입을 때마다 저를 쑥스럽게 만듭니다.

정작 위험한 것은

드라마에서 악인이 급반성하기 시작하면
대체로 끝날 때가 가까워졌다는 뜻입니다.
그러나 급반성이 진심에 근거할 때입니다.
현실 속에서 악인이 쉽게 급반성하는 경우는 드물지요.
당연히 악인들의 세상도 '내일 이 시간에' 또 계속됩니다.

마음이 비뚤어진 사람의 인생은
기울어진 배를 타고 항해를 하는 경우와 똑같습니다.
모든 사물이 기울어져 있는 듯이 보입니다.
당연히 그 사람의 인생도 위태롭게 기울어져 있습니다.
가끔 평형을 유지하면서 항해를 하는 배들을 보면
위험하다고 소리쳐주기도 합니다.
정작 위험한 것은 자신이라는 사실을
전혀 모르는 경우가 태반입니다.

개천에서도 반드시

속담에 범은 그려도 뼈다귀는 못 그린다는 말이 있지요.
하지만 예술가는 범도 그리고 뼈다귀도 그립니다.
다만 일반 사람들이 범만 보고 뼈다귀를 못 보거나
둘 다 못 보고 이러쿵저러쿵 떠들어댈 때가 많습니다.
어디 그림뿐이겠습니까. 글도 마찬가지입니다.

이 시대를 개천에서 용이 날 수가 없는 시대라고 합니다.
극단적으로 표현하면 강남에서는 인재가 태어나도
강북에서는 인재가 태어날 수 없는 구조라는 겁니다.
하지만 지나친 비관이거나 단정이라고 생각합니다.
개천에서도 반드시 용은 태어납니다. 존버.

초간단 인생

먹는 것이 간단하면 사는 것도 간단합니다.

별 한 접시에 차 한 잔 곁들이면 더욱 운치가 있습니다.

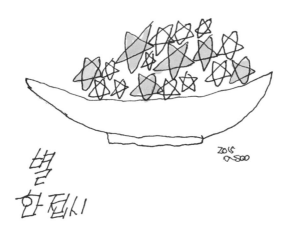

별
한접시

2015
ㅁ-500

생일입니다

독자 여러분. 추석 명절 즐겁게 보내셨는지요.

저는 큰아들로부터 드론을 생일선물로 받았습니다.

받는 순간 즉각 동심으로 돌아가서

드론을 날리는 재미에 흠뻑 빠져들었습니다.

하지만 하늘 높이 날리는 일은 어렵지 않은데

전후좌우를 마음대로 조종하는 일은 지랄 같았습니다.

물론 익숙지가 않기도 했지만 기계를 다루는 데는

역시 젬병이라는 사실을 또 한 번 절감하게 되었습니다.

작은 아들은 미역국을 끓여주었고

작은 며느리는 고구마 생일 케이크를

만들어주기도 했습니다.

옛사람들이 왜 더도 말고 덜도 말고

한가위만 같으라고 했는지 나이 70이 되어서야

비로소 깨닫게 되었습니다.

울 싸모님은 아침부터 밤늦게까지

모든 일을 진두지휘하느라 여념이 없었습니다.

지금쯤 녹초가 되어 꿈속에서도 에구구 허리야 소리를

연발하고 있을 거라는 사실, 안 봐도 비디오입니다.

못난 서방 만나서 한평생 고생하는구나 싶은 생각,

날마다 합니다. 특히 어제저녁 무렵에는

처제들과 동서들이 용돈을 모아

제 주머니에 찔러주기도 했는데, 우와,

생각지도 못했던 거금이었기 때문에

지금까지 머리가 어질어질할 지경입니다.

울 싸모님, 절대 삥땅 안 뜯겠다고 말했지만,

전액 제 몫으로 생각하고 마음대로 써도

무방할지 어떨지는 지내봐야 알 것 같습니다.

그렇습니다.

음력 8월 15일, 추석날 저는 태어났습니다.

바쁜 와중에, 그것도 외갓집에서 태어났으니

태어남 자체가 민폐였음이 분명합니다.

오늘은 음력 8월 16일. 생일은 지나갔습니다.

하지만 날마다 새로운 태양이 떠오르고

저도 날마다 다시 태어납니다. 그래서 날마다 생일입니다.

이쯤에서 자랑질을 끝내고 제가 앞으로 쓰러졌을 때

격려해주시고 기도해주신 여러분의 은혜,

더욱 치열한 문학과 인생으로 보답해드리겠습니다.

여러분 사랑합니다.

멸치는
잡아도 바다에
살 자격이 있다

2015
아순

기죽을 때마다 한 번씩

천 마리 참새가 한 마리 봉만 못하다는 말이 있습니다.

만 마리 멸치가 한 마리 참치만 못하다는 말과 같습니다.

잘난 사람들 많은 세상에 살다 보면

내가 보잘것없는 한 마리 참새로 전락할 때도 있고

내가 보잘것없는 한 마리 멸치로 전락할 때도 있습니다.

하지만 기죽을 필요 없습니다.

하늘이 봉만의 전유물도 아니요

바다가 참치만의 전유물도 아닙니다.

한 마리 참새도 마음먹기에 따라서는

하늘의 임자가 될 수도 있고

한 마리 멸치도 마음먹기에 따라서는

바다의 임자가 될 수도 있습니다.

기죽을 때마다 외치십시오.

앗싸, 자뻑은 나의 힘!

효자 효녀가 나면 왜 집안이 망할까요

인생이라는 바다를 항해하면서
풍랑이나 해적을 만날까 걱정하는 것이 아니라
선장이나 기관사가 짝퉁이기 때문에 걱정해야 한다면
분명 정상적인 항해는 아닙니다. 하지만 지금
당신의 현실은 그럴지도 모릅니다.

효자 효녀가 나면 집안이 망한다는 말이 있습니다.
왜 그럴까요.
옛날에는 친상을 당하면 오랜 기간을 아무 일도 못하고
상제 노릇만 해야 하기 때문에 생긴 말이라고 합니다.
하지만 요즘은 살아 계실 때 안부전화라도 자주 드리면
효자 효녀입니다.

제 배 부르니 종의 밥 짓지 말란다는 속담이 있습니다.
풍족하게 사는 사람은 대개 남의 고통이나 불행을
헤아리지 못한다는 뜻으로 쓰입니다.
마음이 인색하면 억만금을 쌓아놓고 살더라도
남들이 보기에는 거지보다 나을 바가 없습니다.

사랑하는 사람들이여

젊었던 시절, 세상의 빛이 되겠다,
세상의 소금이 되겠다던 다짐들 까맣게 지워버리고,
세상의 어둠과 결탁하고 세상의 부패와 결탁해서
살아가는 인간들 많습니다.
그대가 물들지 않았다면
마음속으로 욕 한 번씩 해줄 자격 충분하신 겁니다.
개쉐이들!

지난밤 천둥번개 바람소리 어지럽더니,
오늘은 수은주의 눈금 급격히 떨어지고
냉랭한 하늘 아래 나무들 헐벗은 모습,
이번 겨울이 얼마나 추울까를 예고해주고 있습니다.
사랑하는 사람들이여. 이럴 때는 이별하면 안 됩니다.
이별이 곧 고문입니다.

너는 잘 될 것이다

가는 곳마다 구설수, 만나는 사람마다 손가락질.
이리 가면 파출소, 저리 가면 경찰서.
하는 일마다 실패의 연속일 때가 있지요.
한국 속담에 재수 없는 포수는 곰을 잡아도
웅담이 없다는 말이 있습니다.
하지만 평생 그 상태가 지속되지는 않습니다.
자연에도 봄 여름 가을 겨울이 있듯이
인생에도 봄 여름 가을 겨울이 있습니다.
그대는 지금 인생의 겨울 속에 들어가 있는 것입니다.

평온한 바다는 결코 유능한 뱃사람을 만들지 못한다는
영국 속담이 있습니다. 아마도 그대는
인생이라는 시간의 바다를 항해할 때,
어떤 거센 풍랑도 헤쳐 나갈 수 있는,
아주 유능한 뱃사람이 될 것입니다.

절대로 좌절하지 마십시오.

그리고 외로워하지도 마십시오.

적어도 그대 곁에는 그대 자신이라는

우주 최강의 협력자가 있습니다.

일이 꼬일 때마다 거울을 보면서 자신을 향해

마음속으로 외치십시오. 너는 잘 될 것이다.

그대를 제일 먼저 격려할 사람은 바로 그대 자신입니다.

천고뇌허의 계절

아랫사람들에게 '무엇을 해주겠다'는 소리보다
'무엇을 해달라'는 소리를 많이 하는 윗사람은
아랫사람들을 힘겹게 만듭니다.
가정도 회사도 나라도 마찬가지입니다.
지금 당신의 입장은 어떠신가요.

명태를 말린 것이 북어고 명태를 얼린 것이 동태입니다.
그래서 명태나 동태나, 라는 말이 생겼습니다.
이름을 바꾼다고 다른 물고기가 되지는 않는다는
뜻이지요. 하지만 이름만 바꾸고 새로운 것인 양
생색을 내는 경우도 많지요. 한마디로 속임수입니다.

글의 행간이나 의도를 헤아려보지도 않고
자기 기분에 거슬리는 부분만 물고 늘어지는
독해력 빵점짜리들이 있습니다.
그런 분들은 회칼 등으로 회를 뜨려고 들면서
칼이 잘 안 든다고 투덜거리는 멍청이와
다를 바가 없습니다.

침묵이 금일 때도 있지만 침묵이 죄일 때도 있지요.
닭과 개와 벌레와 사람 중에서
말을 할 줄 아는 것은 사람뿐입니다.
그러나 불의 앞에서 정의를 말하지 않으면
닭과 개와 벌레와 다를 바가 없습니다.
정의는 언제나 침묵 속에서 처형됩니다.

가을입니다.
하늘은 높고 뇌는 텅 비는,
천고뇌허의 계절이 되지 않도록 합시다.

망명지의 가을

흔히들 늙은이가 잘못하면 노망이 들어서라고 생각하고
젊은이가 잘못하면 철이 덜 들어서라고 생각합니다.
하지만 옛날이야기입니다.
요즘은 철이 덜 들어서 잘못하는 늙은이들도 많고
노망이 들어서 잘못하는 젊은이들도 많습니다.
한마디로 비정상이지요.

똥개들의 뒤를 따르면 결국
똥 덩어리 있는 곳에 다다를 뿐이지요.

망명지의 가을입니다.
하늘은 회색으로 낮게 내려앉아 있고
말도 자꾸만 야위어갑니다.
여기가 어딘지 대답해주실 분 아무도 없으신가요.

감성의 황무지

많은 것들이 실종되었습니다.

양심이 실종되었고 도덕이 실종되었고

역사가 실종되었고 인간이 실종되었습니다.

우리는 그저 방관하고 있었습니다.

오로지 물질적 풍요만을 갈망하며 살아오는 동안

안녕하십니까, 세상은 어느새 감성의 황무지로

변하고 말았습니다.

청소년 폭력이 인터넷 게임의 영향 때문이라고

생각하시는 분들이 많습니다. 그분들께 여쭙고 싶습니다.

인터넷 게임이 없었던 시절에도 청소년 폭력은 있었는데

어떻게 설명하실 건가요.

자녀들이 진심으로 행복한 미래를

살아가기를 소망하십니까. 그렇다면 지금부터라도,

얼마나 많이 모았느냐를 성공의 관건으로 삼는

사회를 방조하지 말고,

얼마나 많이 베풀었느냐를 성공의 관건으로 삼는 사회로

바꾸는 일에 주력해야 합니다.

누구나 섬

아플 때일수록 더 그리워지는 그대.

혼자 있을 때는 누구나 섬입니다.

별을 낚다

작은 결심

어떤 사람의 외모를 본 것만으로
마치 그 사람의 전부를 보았다는 듯이
떠벌리는 분들이 있습니다. 그런 분들은 대개
육안이 전부인 줄만 알고 살아갑니다.
자신에게 영안이 존재한다는 사실을
한 번도 인지해 본 적이 없는 분들이 대부분이지요.

담뱃값만 외국 수준 따라가지 말고
복지 정책도 외국 수준 따라가면 안 됩니까.

『경행록』에, 대장부는 마땅히
남을 용서할 수 있어야 한다는 말이 있습니다.
그러겠습니다. 뿐만 아니라 마땅히 쓰레기도 치우고
벌레도 박멸하겠습니다. 악플러는 당연히 벽돌도 처먹이고
차단도 눌러드리겠습니다. 퍽!

적반하장

미안한 줄을 모르면 고마운 줄도 모릅니다.
그래서 반성 따위를 기대해도 아무 소용이 없습니다.
반성 따위를 기대해도 아무 소용이 없다는 말은
발전 따위를 기대해도 아무 소용이 없다는 말과 같습니다.
개인도 단체도 정부도 마찬가지입니다.

거짓말을 자주 하면서 왜 자기를 못 믿느냐고 묻는
철면피들을 자주 만납니다. 이럴 때도
적반하장(賊反荷杖)이라는 말을 씁니다.
도둑놈이 오히려 매를 든다는 뜻이지요.
날이 갈수록 이런 싸가지를 바가지로 씹어 처먹은
도둑놈들이 많아지고 있습니다.

안전한 것은

먹거리는 국민의 건강과 직결된 것입니다.
국내에 유통되고 있는 수입식품에서
방사성 물질이 검출된 사례가 증가했다면 국민의 생명이
위협받는 사례가 급증했다는 뜻과 같습니다.
의. 식. 주 무엇 하나 안전한 것이 없군요.
그래서 보험 광고만 귀에 딱지가 앉을 정도로
극성을 부리고 있습니다.

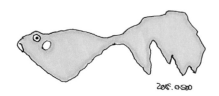

밭 팔아 논 사면 좋아도 논 팔아 밭 사면 안 좋다는
속담이 있습니다. 밭은 싸고 논은 비싸기 때문에 생긴
속담입니다. 싼 거 팔아서 비싼 거 사야 한다는 말이지요.
즉 살림은 늘려야지 줄이면 안 좋다는 말입니다.
지금 우리네 살림은 어떤가요.

눈금

　일요일. 오전 중에 저울로 달아보면
　눈금이 가벼운 쪽으로 떨어져 있다가
　오후가 되면서 급격히 무거운 쪽으로 올라가는 공휴일.
　근무처에 사랑하는 사람이 있는 경우는
　반대 현상을 나타내 보일 수도 있음.

자기 성찰

자기 얼굴 못생긴 건 탓하지 않고
멀쩡한 거울만 탓하는 사람들이 있습니다.

인간으로서 가장 혐오스럽고 공포스러운 존재들은,
팔뚝에 완장 하나만 채워주면
예절이고 상식이고 다 무시해버리고
오로지 자기 존재감을 과시하는 일에
여념이 없는 존재들입니다.
물론 그것을 부러워하는 존재들도 마찬가지입니다.

남의 얼굴에 묻은 티끌을 떼어준답시고
똥 묻은 손을 내밉니다. 당연히 피할 수밖에 없는데,
피하면 역정을 내시는 분들이 있습니다.
대개 자기 성찰이 부족한 분들이지요.
상대할수록 피곤해집니다.
가볍게 차단해버리는 것이 최선입니다. 퍽!

독해력 향상 비법

독서량이 부족하면 대체로 독해력도 부족하게 됩니다.

독해력이 부족하면 글의 행간을 헤아리는 능력도

부족하게 됩니다. 그래서 글쓴이의 의도와는

거리가 먼 문제를 꼬투리로 삼아 시비를 가리려고 들거나

한 줄이나 한 단어에 집착해서 시비를 가리려는 특성을

드러내 보이기도 합니다.

물론 만인이 쉽게 납득할 수 있도록 글을 쓰지 못한

잘못도 있지 않느냐고 항변할 수도 있습니다.

하지만 경전들조차도 만인이 쉽게 납득할 수 있도록

쓰여지지는 않았습니다. 결국 독해력을 향상시키려면

독서량을 늘리는 수밖에 없습니다.

기회가 많은 나라

한때의 근심을 참으면 백날의 근심을 면한다는
옛말이 있습니다. 빵깐에 있는 사람들에게
여기 들어온 이유가 무엇이냐고 물으면 98퍼센트가
욱하는 심경을 못 참았기 때문이라고 대답한답니다.
대한민국, 마음공부할 기회를
참 많이 얻을 수 있는 나라입니다.

콩나물에
햇빛!
그리움

2015
ㅇ300

때로는 비굴한 언론이나 대중의 침묵이
정의를 살해하는 흉기가 됩니다.
그것을 적극적으로 두둔하거나 추종하는 무리들도
망국과 매국에 앞장서는 무리들이 분명합니다.
하지만 대개 이런 무리들은 그것을
애국애족으로 위장하거나 착각하면서 살아갑니다.

어사는 가어사(假御史)가 더 무섭다는 말이 있습니다.
가어사는 문자 그대로 가짜 암행어사를 뜻합니다.
진짜 권세를 지닌 사람보다는
어떤 세력을 빙자하여 되지못한 유세를 부리는 사람이
더 혹독한 짓을 할 때 씁니다.
요즘도 가어사는 없어지지 않은 듯.

당연지사

태산을 넘으면 평지를 본다는 옛말도 있는데,
왜 우리 사는 세상은 태산을 넘어도 평지는 보이지 않고
또 다른 태산만 눈앞을 가로막는 걸까요.
물론 그래도 걷기를 포기하지는 않겠습니다만.

선거 때에는 최고의 인품, 최고의 자비,
최고의 겸손을 가진 듯이 행동하던 분들이
노골적으로 인면수심의 본성을 드러내기 시작했습니다.
상대하지 않겠습니다. 개들은 수만 년 동안
달을 보고 짖었지만 하늘에서 달이 사라진 적은
한 번도 없습니다.

우리가 개에게
밥을 주고 정을 주고 아프면 치료해주는 것은
개가 예쁘게 생겨서만은 아닙니다.
주인에게 충성을 보이고 집을 지킬 줄 알기 때문입니다.
그런데 주인을 깨물고 텃밭을 헤집고
동네 닭들을 물어 죽인다면
몽둥이 세례는 당연지사이지요.

소통의 도구

물속을 헤엄치는 물고기들 중에
수염이 있더라도 모두 잉어는 아니고
하늘을 나는 새들 중에 털빛이 희더라도
모두 두루미는 아닙니다.
하지만 누치가 잉어 행세를 해도 모르고
백로가 두루미 행세를 해도 모르는 세상.
도대체 이런 세상을 누가 만들었을까요.

해충들에게는 살충제가 유일한 소통의 도구일 뿐.

너무 많은 추리력과 너무 많은 자제력과
너무 많은 몰상식을 요구하는 현실 때문에
자주 현기증을 느끼시는 분 혼잣소리로 나지막이
ㅅㅂ이라고 속삭여주세요.

당신의 허영들

세상에는 두 부류의 인간이 있다. 한 부류는
자기의 길을 가는 인간이고 다른 부류는
자기의 길을 가는 인간에 대해 말하는 부류이다.

니체의 말입니다. 물론 가장 한심한 부류는
성공에 도달한 자를 까대면
자기가 그보다 우월해 보인다고 착각하는 부류지요.

책을 기준으로 말한다면,
세상에는 네 종류의 사람이 존재합니다.
첫째는 책을 쓰기도 하고 읽기도 하는 사람,
둘째는 책을 읽기만 하고 쓰지는 않는 사람,
셋째는 책을 쓰지도 않고 읽지도 않는 사람,
넷째는 책이 세상에 있는지도 모르는 사람.

플라스틱 가화에 속아서 날아든 벌나비를
보신 적이 있으신가요.
플라스틱 가화는 고혹적인 빛깔만 간직하고 있을 뿐
벌나비에게 줄 수 있는 것이 아무것도 없습니다.

향기도 없고 꿀도 없습니다.
그런데도 당신의 허영은 짝퉁들을 향해
바쁘게 날갯짓을 합니다.

불같이 뜨거운 사랑을 부러워하지 마십시오.
그것은 대개 급격하게 타오르다
싸늘한 잿더미로 남습니다.

그대가 알고 있는 모두가 행복할 수 있기를 빕니다

부드러운 말로 부하를 설득하지 못하는 상사는
위엄 있는 말로도 부하를 설득하지 못합니다.
설득은 이타심에 바탕을 두어야지
이기심에 바탕을 두면 대부분 실패하게 됩니다.

개미와 미개인은 이방인을 만나면 죽여버린다.
영국의 철학자 러셀의 말입니다. 한국 근세사 속에도
개미 아니면 미개인으로 분류될 인물들이 있습니다.
그런데 개미 아니면 미개인을 숭배하는 사람들은 뭘까요.
한겨울 밥 한 끼라도 얻어먹은 베짱이들일까요.

그대는 지금 어떤 일에 종사하고 계시는가요.
그 일이 성취되었을 때, 그대뿐만이 아니라
그대를 알고 있는 모두가 행복할 수 있기를 빕니다.

개헤엄부터 친다고?

못난 듯이 보이는 사람이
나중에 제 구실을 한다는 뜻으로 흔히
'굽은 나무가 선산을 지킨다'는 속담을 씁니다.
하긴 곧은 나무가 뭐 대순가요.
세상이 자신을 몰라준다고 자책하시는 분들,
곧은 나무가 일찍 톱날에 베어서 서까래가 되거나
빨랫작대기 노릇을 한다는 사실로 위안을 삼으시기를.

양반은 물에 빠져도 개헤엄은 안 친다는 말이 있습니다.
지조와 기개를 중시하는 사람은 죽음이 목전에 달해도
절대로 추한 모습을 보이지 않는다는 뜻이지요.
그런데 요즘은 물에 빠지지도 않았는데 체면불사하고
지레 개헤엄부터 치는 양반들이 적지 않습니다.

그대 곁에 머무는 사람

배고픈 사람에게는 빵을 주는 것이 올바른 자비이고
목마른 사람에게는 물을 주는 것이 올바른 자비입니다.
그런데 천국을 보내준다는 명분으로
배고픈 사람에게서는 빵을 착취하고
목마른 사람에게서는 물을 착취하는 족속들이 있습니다.
바로 사이비들이지요.

그대의 지갑이 비어 있을 때 그대를 떠나는 친구는
가짜 친구입니다. 물론 진짜 친구는
지갑의 두께와 상관없이 늘 그대 곁에 머물러 있지요.
물론 그런 친구가 드물기는 합니다.
하지만 한 명도 가지고 있지 않다면
그대는 인생을 헛살고 있는지도 모릅니다.

성공의 열매

가난뱅이에게 아첨하는 부자는 없고
신하에게 아첨하는 임금은 없습니다.
있다면 위선이거나 기만일 뿐.

누가 행운을 눈멀었다고 하시나요.
제가 알기로 행운의 눈은
성실하고 근면한 자를 골라내는 선별력만은 최상급입니다.
행운은 절대로 게으른 자의 손을 들어주지 않습니다.
아직 행운이 그대를 발견하지 못했다면
좀 더 치열하실 필요가 있습니다.

성공은 우연에 의해서 얻어지는 열매가 아니라
노력에 의해서 만들어지는 열매입니다.
운명이라는 담벼락은 노력이라는 사다리로
얼마든지 뛰어넘을 수 있습니다.
언제나 긍정적인 생각으로 꾸준히 노력하면
당신도 반드시 성공의 열매를 따게 됩니다. 오늘도 존버.

6장

살아남는 연습

쓰기도하고
듣기도하고
찌기도하고
맺기도해야
人生입니다

하루 1,000걸음

오늘은 토요일입니다.

옛날에는 반공일이었는데 요즘은 온공일이 되었습니다.

하지만 쓸 때는 작가 쉴 때는 백수인 저로서는

거의 모든 날들이 온공일입니다.

날마다 운동 삼아 문학관을 산책합니다.

하루 최소 1,000걸음 이상씩은 걷습니다.

혼자서 일어서지도 못하고

벽 짚고 화장실 왕래하던 때를 생각하면

그야말로 장족의 발전이지요.

여러분의 격려와 사랑 덕분입니다.

문득 닭 울음소리를 듣고 싶다는 생각을 했습니다.

장날이 오기를 기다렸다

닭을 몇 마리 사다 키우면 어떨까요.

하지만 마누라가 반대할 것이 분명합니다.

저는 어떤 동물이든지 보는 것으로 만족할 뿐

직접 똥오줌을 치우거나 먹이를 주는 일 따위는

소홀히 하기 때문입니다.

사실은 입원해 있을 때부터

강아지나 고양이를 키워보고 싶었은데

면역력이 희박한 상태라 가족들의 극렬한 반대에 봉착,

그만 포기해버리는 수밖에 없었습니다.

결국 저처럼 게으른 위인은

먹이를 주거나 특별히 보살필 필요가 없는

거미, 집게벌레, 개미, 나방 따위에 만족하면서

살아야 하는지도 모르겠습니다.

그대는 언제쯤 오실 건가요

아직도 당신을 사랑하고 있다고
비로소 나무들의 고백을 듣게 되는 가을.
당신의 가슴도 놀빛으로 물드는 가을.

시작될 때 가장 황홀한 것도 사랑이고
끝날 때 가장 쓰라린 것도 사랑입니다.
그래도 믿음, 소망, 사랑, 그중에 제일은 사랑입니다.
오늘도 당신을 사랑합니다.

가을입니다. 그대는 언제쯤 오실 건가요.
지금 감성마을은 그대를 향한 그리움으로
온통 불타고 있습니다.

어떻게 할까요

남이야 자기 집 목욕탕에서 낚시질을 하건 말건
상관할 바가 아니겠지요.
하지만 대중목욕탕이라면 다릅니다.
말리는 것이 당연합니다.
말릴 수 없는 상대라면 경찰을 부르는 것이 당연합니다.
그런데 경찰을 불렀더니 같이 퍼질러 앉아
낚시질을 하면?

어리석고 옹졸해서 하는 짓마다 답답지경인
위인을 일컬어 '등잔불에 콩 볶아 먹을 놈'이라고 합니다.
등잔불은 그래도 참아줄 만합니다.
요즘은 '형광등에 콩 볶아 먹을 놈'도 많습니다.
달빛에 콩 볶아 먹으려 들지 않는 것에
감사드려야 할까요.

배보다 배꼽이 크다는 말이 있습니다.
분명히 비정상이지요. 본말전도(本末顚倒)라고도 합니다.
기준과 원칙이 사라져버리면
부정과 비리만 판을 치게 되고

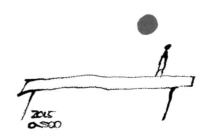

범죄만 극성을 부리게 됩니다.

모두가 잘사는 세상보다

나쁜 놈들만 잘사는 세상이 되고 맙니다.

가끔은 탄식도 하고

가끔은 격려도 하고

가끔은 술도 마시고

가끔은 울화통도 터뜨리면서 사는 거지

이 양심불량에 상식부재인 세상에서

어찌 실성한 놈처럼 날마다 껄껄 웃고만 살겠습니까.

하지만 주저앉지는 말아야 하지요.

그래도 희망은 버리지 말아야지요.

보람찬 장날

사창리 장날 시골 할머니께서 내다 파시는
강아지 4마리를 샀습니다.
처음에는 한 마리만 키울 생각이었는데
같이 있던 놈들을 떼어놓으면 밤새도록 낑낑거린다는
할머니 말씀에 4마리를 다 사버리고 말았습니다.
매순이, 난순이, 국순이, 죽돌이로 이름을 지었는데
이놈들이 사방에 똥칠을 해대는 바람에
울타리를 마련해주는 수밖에 없었습니다.
그런데 조금 전 가장 활발한 죽돌이가
울타리를 타넘어 빨빨거리고 돌아다니다가
그만 쥐포수에 붙어버리고 말았습니다.
다행히 식용유로 닦아내고 목욕을 시킨 다음
털을 말려주었습니다.
가지 많은 나무에 바람 잘 날 없다는 속담이
생각났습니다. 그래도 녀석들 때문에 짜증 낼 때보다는
미소 지을 때가 더 많습니다.
그러면 보람이 있는 거 아니겠습니까.

청빈도 적당히

『명심보감』에는, 가난하게 살면
번화한 시장거리에 살아도 서로 아는 사람이 없고,
넉넉하게 살면 깊은 산골에 살아도
먼 친척까지 찾아온다는 말이 있습니다.
하지만 궁색함을 경계하는 뜻을 간직한 말이지
부를 숭배하는 뜻을 간직한 말은 아닙니다.

청빈도 적당해야 합니다.
가족들 끼니를 이어가지 못할 정도로 지나치면
청빈을 가장한 무능으로 취급받게 됩니다.
가족들을 굶어 죽게 만들지 않으려면 어쩔 수 없이
남에게 신세를 지거나 폐를 끼칠 수밖에 없는데
그 정도면 어떤 비난도 감수해야겠지요.

마음 세척

초가삼간에서 살더라도 근심이 없으면 행복하고
고대광실에서 살더라도 근심이 많으면 불행합니다.
그런데 근심을 없애는 방법은 없을까요.
있습니다. 바로 근심의 초대자 욕심을
마음속에서 추방해버리는 것입니다.

이틀이 멀다 않고 자동차는 세척하면서
일 년이 다 가도록 마음 한 번 세척하지 않는 분들이
태반입니다. 마음의 세척은 별로 어렵지 않습니다.
손상되지 않은 자연, 손상되지 않은 예술,
손상되지 않은 종교 속에 자신의 마음을 적시면 됩니다.

남의 돈 천 냥보다 내 돈 한 푼이 낫다는 말이 있습니다.
재능도 마찬가집니다. 남의 재능 열 가지가
내 재능 한 가지만 못한 법이지요.
천 냥의 돈도 열 가지 재능도 밑천 닦기는
백수시절이 최적입니다.
전국의 백수들이여, 부디 용기를 내시기를.

사랑이라는 단어에는
마음 받침이 하나 있지요
그리고 마음 받침은
모가 나 있습니다
그 모를 깎아서 둥글게
만들면 사랑은 사랑이 됩니다

어쩐지 켕깁니다

남편이 아내에게 소중하게 여겨질 때는
오직 남편이 출타했을 때뿐이다.
도스토옙스키의 말입니다.
그럼, 전업작가로 사시사철 방구석에 틀어박혀
원고지나 파먹고 사는 저는
아내에게 무용지물로 여겨지겠군요.
설마 하면서도 어쩐지 켕깁니다.

누구나 단점을 가지고 있습니다.
하지만 자신의 단점을 없애는 일에
시간을 바치는 것보다는
자신의 장점을 키우는 일에 시간을 바치는 것이
훨씬 성과가 빠릅니다. 장점이 극대화되면
그것 때문에 단점은 잘 보이지 않습니다.
보이더라도 애교로 평가되지요.

당신이 최고

옷은 새 옷이 좋고
정은 오래된 정이 좋다는 말이 있습니다.
하지만 사무적인 일로만 만나는 사람들은
거의가 정붙일 겨를도 없이 헤어집니다.
한때 아이러브스쿨이라는 사이트의 폭발적 인기,
바로 오래된 정이 못내 그립다는 반증 아닐까요.

아침에 덕담 한마디를 들으면 온 하루 모든 일이
잘 풀릴 듯한 예감에 사로잡히게 됩니다.
반대로 아침에 악담 한마디를 들으면
종일토록 똥 싼 바지를 입고 있는 듯한
기분에 사로잡힙니다. 하지만 진짜 팩트는,
언 넘이 뭐라고 씨부려도 당신이 최고라는 거.

머리로는 안다고 하더라도

이탈리아의 정치가 마키아벨리가 말했습니다.
태양 아래 영원한 것은 없다고.
정말로 그럴까요. 그럴지도 모릅니다.
하지만 대부분의 사람들이 그 사실을 수긍하면서도
단 하나, 자신의 사랑만은 예외이기를 소망하지요.

윗물이 맑아야 아랫물도 맑다는 속담이 있습니다.
유치원생도 알고 있을 정도로 유명한 속담이지요.
그런데 대개 정치 후진국 고위층들은 모르는 속담입니다.
머리로는 안다고 하더라도
실천하지 않으면 모르는 겁니다.
그렇다면 대한민국은 정치 선진국일까요.

인간의 마음을 반영하는 물

지구상에서 물이 인간의 마음을
가장 반영하는 성질을 가지고 있다는 주장을
어느 책에선가 읽은 기억이 납니다.
그럴지도 모릅니다.
그래서 우리 선조들은 이른 새벽 과일이며 떡이며
고기 대신 달랑 정화수 한 사발을 소반 위에 올려놓고
소원을 빌었던 풍속을 가지고 있습니다.

우리는 지금 물질 만능과 황금 만능으로 일컬어지는 시대를
살고 있습니다.
하지만 현대인들은 대부분 타인에게 한 사발의 물만큼도
믿음과 사랑을 베풀지 못하는 존재로
전락하고 말았습니다.

저부터 반성하겠습니다.

그대가 모르는 사이

우리 사는 세상은,

예수나 부처의 가르침에 대해 많이 알고 있는 사람이

필요한 세상이 아니라

예수나 부처의 가르침을 실천할 수 있는 사람이

필요한 세상입니다.

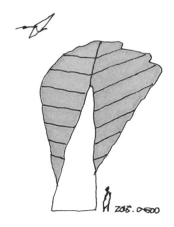

오늘도 세상은 속수무책으로 썩어가고 있습니다.

도처에서 악취가 진동합니다.

그런데도 사람들 대부분이

구태의연한 모습으로 살아갑니다.

그대가 모르는 사이 그대도 공범으로

가담해 있는 상태는 아닌가요.

가슴 안에 사랑이 가득한 이들은

자신을 위할 때는 약한 모습을 보이고

타인을 위할 때는 강한 모습을 보입니다.

그런데 세상에는 자신을 위할 때는 강한 모습을 보이고

타인을 위할 때는 약한 모습을 보이는 사람들이

갈수록 많아지고 있는 것 같습니다.

성공과 사랑

얼마를 주었느냐 얼마를 받았느냐를 따진다면

그것은 사랑이 아니라 거래입니다.

사랑에는 가감승제가 없습니다.

가진 것 다 주고도 더 줄 것이 없어서 안타까워하는 것,

그것이 비로 사랑입니다.

사랑
그대가 아프니까
오세상이다
아파보입니다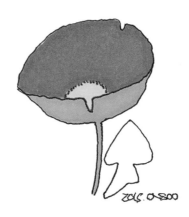

다시 그 자리에

아는 척 많이 하는 사람치고 진짜 아는 사람 드물고
있는 척 많이 하는 사람치고 진짜 있는 사람 드물지요.
결국 척하는 사람들은 부족한 자신을
과대포장하고 있을 뿐입니다.

비록 깨달음을 얻으셨어도
산꼭대기에 가부좌를 틀고 앉아
독야청청이나 하고 계시면
대저 그 깨달음이 무슨 쓸모가 있겠습니까.
출발하셨던 그 자리로 다시 돌아와
시정잡배들과 함께 어울리실 생각은 없으신지요.
세상이 하도 어수선해서 한 말씀 여쭤보았습니다.

부디 성공에 이르기를

과거는 아무도 바꿀 수 없습니다.

그러나 미래를 바꿀 수는 있습니다.

현재는 미래의 밑그림입니다.

현재가 과거를 반복하면 미래도 현재를 반복할 뿐

역사는 제자리걸음을 반복하거나 퇴보를 반복할 뿐입니다.

과거나 현재가 태평성대라면 그래도 괜찮겠지만.

지혜가 얕을수록 성품은 거칠어지고

지혜가 깊을수록 성품은 부드러워집니다.

지식이 머리에서 가슴으로 내려오면 지성이 되고

지성이 사랑에 발효되면 지혜가 됩니다.

절망에 봉착하셨나요.

당신이 진정 쓸모없는 존재라면 포기를 선택하겠지요.

하지만 당신이 진정 쓸모 있는 존재라면

비로소 희망이 하늘에서 떨어지는 것이 아니라

직접 만들어야 하는 것임을 자각하겠지요.

당신의 진실과 노력이 부디 성공에 이르기를 빕니다.

더 조심하고 더 슬퍼하고 더 사랑하기

오늘은 운동삼아 집필실에서 문학관까지 걸어보았습니다.

골바람이 너무 시리고 드세서 숨쉬기가 힘들

정도였습니다. 올 때는 차를 이용했습니다.

반주기를 켜고 배호의 노래 몇 곡을 불렀습니다.

흰죽도 먹었고 표고버섯죽도 먹었습니다.

반찬은 성게알젓과

새끼손가락 한 마디 크기로 자른 오골계 구이 몇 점.

집필실은 외풍이 심해서

일단 뽁뽁이로 모든 창문을 봉쇄하고

습도를 맞추기 위해 젖은 수건들을 줄줄이 매달았습니다.

지금은 한밤중. 사방이 교교합니다.

완벽하게 고립된 기분입니다.

불현듯 사람이 그립다는 생각을 했습니다.

솔직히 저는 40여 년 동안 글밥을 먹고 살았지만

자신이 없습니다.

행복을 보장하는 것은 물질의 풍요가 아니라

정신의 풍요라는 사실을 잘 알면서도

젊은이들은 해를 거듭할수록

책으로부터 멀어지고 있습니다.

일단 저부터라도 반성하고 노력하겠습니다.

글 한 줄이 절망하는 이들과 슬퍼하는 이들과

고통받는 이들에게 구원이 될 수 있다는 신념을

결코 버리지 않겠습니다.

작가로서의 좌우명,

쓰는 이의 고통이 읽는 이의 행복이 될 때까지,

더 근심하고 더 슬퍼하고 더 사랑하면서 살겠습니다.

그대여 지금부터

날자!

자백은 나의 힘

초판 1쇄 2015년 11월 25일

지은이 | 이외수
펴낸이 | 송영석

편집장 | 이진숙 · 이혜진
기획편집 | 박신애 · 박은영 · 정다움 · 정다경 · 김단비
디자인 | 박윤정 · 김현철
마케팅 | 이종우 · 허성권 · 김유종 · 한승민
관리 | 송우석 · 황규성 · 전지연 · 황지현

펴낸곳 | (株)해냄출판사
등록번호 | 제10-229호
등록일자 | 1988년 5월 11일(설립일자 | 1983년 6월 24일)

04042 서울시 마포구 잔다리로 30 해냄빌딩 5·6층
대표전화 | 326-1600 **팩스** | 326-1624
홈페이지 | www.hainaim.com

ISBN 978-89-6574-507-5

이 도서의 국립중앙도서관 출판예정도서목록(CIP)은 서지정보유통지원시스템 홈페이지
(http://seoji.nl.go.kr)와 국가자료공동목록시스템(http://www.nl.go.kr/kolisnet)에서 이용
하실 수 있습니다.(CIP제어번호: CIP2015031367)

영혼에 찬란한 울림을 던지는 이외수의 시와 에세이

쓰러질 때마다 일어서면 그만,
진정한 적은 언제나 내 안에 있다
자유의 연금술사 이외수의 인생 탐험

사랑외전 이외수의 사랑법
사람, 사랑, 인연, 시련, 교육, 정치, 가족, 종교, 꿈을 아우른
'사람에 관한 이외수 식 경전'

절대강자 이외수의 인생 정면 대결법
지금 살아 있다는 사실만으로도 그대는 절대강자다
오천 년 유물과 함께 발견하는 인생의 지침

코끼리에게 날개 달아주기 이외수의 감성산책
삶을 사랑하는 사람은 마침내 모두 별이 된다
흔들리는 젊음에게 보내는 감성치유서

아불류 시불류 이외수의 비상법
그대가 그대 시간의 주인이다
물처럼 자연스럽게 자신을 찾아가는 철학적 성찰

청춘불패 이외수의 소생법
그대가 그대 인생의 주인이다
영혼의 연금술사 이외수의 처방전

하악하악 이외수의 생존법
팍팍한 인생 하악하악, 팔팔하게 살아보세
이외수가 탄생시킨 희망의 언어들

여자도 여자를 모른다 이외수의 소통법
사랑을 잃고 불안에 힘들어 하는
이 시대에 보내는 이외수의 감성예찬